KB273448

그녀석 덕분에

그녀석 덕분에

초판 1쇄 발행 | 2011년 3월 20일
   6쇄 발행 | 2019년 10월 5일
지은이 | 이경혜
펴낸이 | 최윤정
펴낸곳 | 바람의아이들
만든이 | 강지영 박한솔 김재이 강보람 양태종
등록 | 2003년 7월 11일(제312-2003-38호)
제조국 | 한국
구독연령 | 11세 이상
주소 | 121-841 서울시 마포구 서교동 448-29
전화 | (02)3142-0495   팩스 | (02)3142-0494
이메일 | barambooks@daum.net

ⓒ 이경혜 2011

www.barambooks.net

ISBN 978-89-94475-15-8 44800
ISBN 978-89-90878-04-5(세트)

본문에 사용한 노래 가사는 '한국음악저작권협회'에 사용료를 지불하였습니다.(KOMCA 승인필)

이 책은 한국도서관협회가 선정한 우수문학도서입니다.

그녀석 덕분에

이경혜 지음

바람의아이들

| 차례

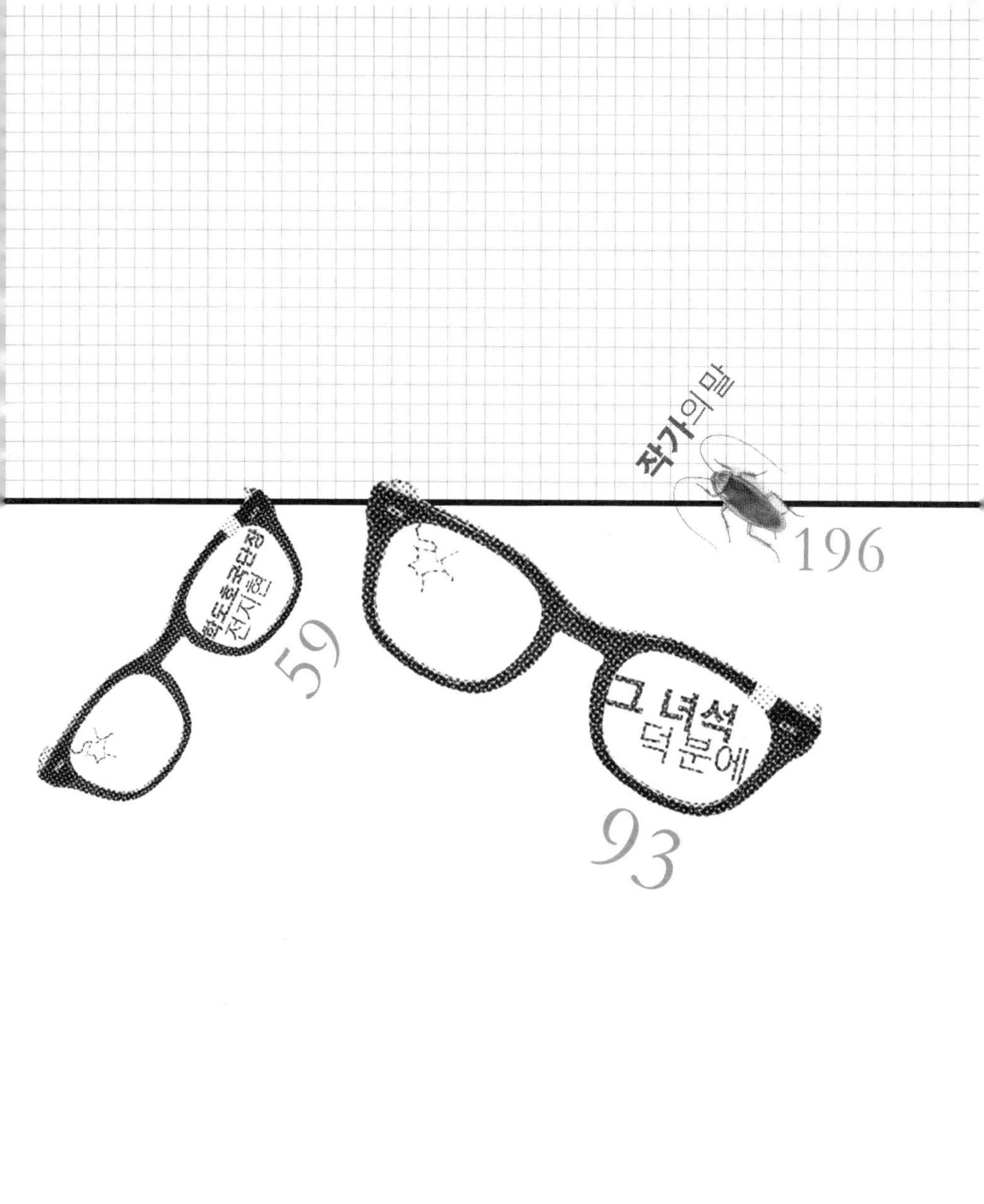
학교폭력의 진지
59
그 녀석 덕분에
93
작가의말
196

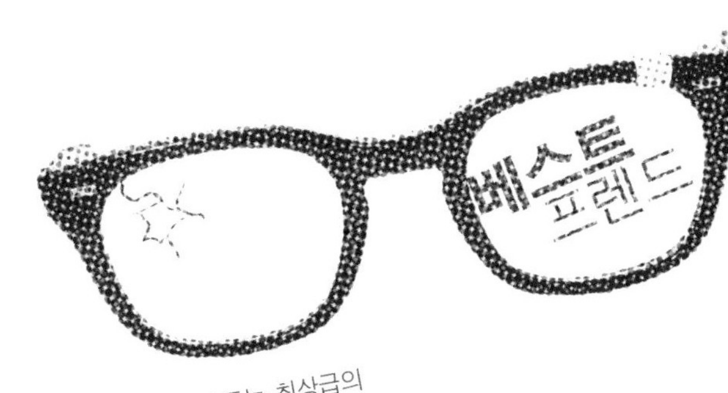

베스트는 최상급의 말이다. 한번 베스트 프렌드였던 친구가 비교급으로 물러날 수는 없다. 친구 사이라도 그건 쉬운 일이 아니다. 왜냐면 그것은 한때 최상급이었던 것을 망가뜨리는 일이니까. 수연은 민재와 헤어짐으로써 적어도 자기들이 베스트 프렌드였다는 사실을 망가뜨리지는 않았다.

남쪽에는 태풍이 온다는 예보가 있었다. 그 탓인지 서울에도 비가 몹시 퍼부었다. 책상 앞에 앉아 영어 공부를 하던 수연은 갑자기 우르릉 쾅쾅 울린 천둥소리에 고개를 빼고 창밖을 바라보았다. 누군가 물을 퍼 담아 쏟는 것처럼 유리창 위로 빗물이 흘러내리고 있었다.

이럴 때는 〈이웃집 토토로〉를 봐야 하는데.

수연의 머릿속에는 벌써, 눈에서 헤드라이트처럼 노란 빛이 뿜어 나오는 고양이 버스와 우산을 든 통통한 토토로의 모습이 가득 차올랐다.

이런, 이런. 넌 고3이야. 정신 차려.

하지만 한번 그런 생각이 들자 견딜 수가 없었다. '토토로'를 볼 때 느꼈던, 따듯한 물이 가슴 위로 차올라 오는 것 같은 충만감이 수연은 너무나 그리웠다. 그러자 문득 애니메이션이라면 자다가도 벌떡 일어나는 자신을, 애니 걸, 애니 걸, 하고 놀려 대던 민재가 떠올랐다. 어쩌다 복도에서 마주치면, 안녕, 하고 지나가는 지금의 민재가 아니라 예전의 민재, 수연과 지난 시간을 샅샅이 함께 나눈 옛 친구 민재가 떠오른 것이다.

수연의 눈빛이 아득해졌다. 학교에서 가끔 스치고 지나가게 되는 민재에 대해선 아무런 감정이 없었지만 옛 친구 민재를 떠올리니 조금 가슴이 아렸다. 마치 민재가 같은 사람이 아니라 다른 두 사람인 것처럼. 슬비의 연인이 되기 전까지는 수연에게 최고의 친구였던 그 아이.

민재를 떠올리니 공부에 집중이 되지 않았다. 수연은 책을 덮고 일어서 창가로 갔다. 비가 어찌나 쏟아지는지 창을 열 수도 없었다. 그 비 속에서 거리는 뭉개진 그림처럼 보였다.

민재와 수연은 이렇게 폭우가 쏟아지는 날을 좋아했다. 어릴 때는 이런 날, 밖에 나가 뛰어다니다 흠뻑 젖어 들어와 부모님의 야단을 맞기도 했고, 커서는 아늑한 방 안에서 함께 공부를 하거나 수연이 좋아하는 애니메이션을 보곤 했다. 〈이웃집 토토로〉도 수십 번은 같이 봤을 것이다. 둘은 정말 특별한 사이였다. 아주 어릴 때부터 친해 온 탓인지 성장해 가면서도 이성이란 느낌이 들지 않았고, 편하기만 했다. 서로의 집에서 함께 밤을 새우며 공부도 했다. 어렸을 때부터 그렇게 해 왔기 때문에 다 큰 남녀가 되었어도 두 집의 부모는 조금도 개의치 않았다. 두 집안 부모들은 함께 모여 노는 일이 많았는데, 그럴 때면 오히려 민재와 수연을 보면서 "애, 너희끼리 연애하면 안 되니? 너희 둘이 결혼하면 우린 사돈이 되고 좀 좋아? 근데 재네들은 무슨 동성 친구들 같다니까." 그러면서 놀려 대곤 할 정도였다.

이런 날 민재는 무얼 할까. 보나마나 슬비랑 있겠지.

수연은 그런 생각을 하다 말고, 이제는 그런 생각을 해도 아무렇지도 않다는 사실에 조금 서글퍼졌다. 그토록 오랜 시간 동안 굳건했던 우정도 알고 보면 이렇듯 얄팍했던 걸까, 아니면 어른들 말씀대로 세월이 약인 건가?

민재는 유치원 때부터 고등학교 때까지 같은 학교를 다니며, 어떤 여자 친구보다도 더 친했던, 친구라기보다 오히려 오누이 같던 존재였다. 두 집안 어른들이 안팎으로 다 친한 데다 두 집이 한 번도 이사를 하지 않고 같은 아파트 단지에서 산 탓이었다. 둘은 언제나 등하교를 함께 했고, 학원이며 과외도 함께 다녔다. 초등학교 때 민재가 합기도를 배우고, 수연이 무용 학원에 다녔던 게 유일하게 두 사람이 다른 시간을 보낸 기억이었다. 그 정도였으니 그 동네 학교를 다닌 아이들 사이에서는 두 사람의 특별한 관계가 꽤나 알려져 있었다.

어릴 때는 그런 그들을 애인 사이라며 놀려 대는 친구들도 많았지만 커서는 "너희 정말 보기 좋은 거 알아? 제발 너희만은 평범한 커플로 변하지 말고 쭉 그렇게 가라"는 친구들까지 생길 정도였다.

수연은 컴퓨터 앞에 앉았다. 문득 예전 시간들의 기록을 찾아보고 싶어졌다. '애니 걸 짱'이라는 블로그는 아직도 '즐겨찾기'에 남아 있었다. 지금은 주로 싸이질을 하는 데다 민재와의 추억이 너무 많이 남아 있어서 그 애와 멀어진 뒤로는 거의 들어가지 않는 블로그였다. 〈이웃집 토토로〉의 배경 화면 위로 게시판 글들이 쭉 떠올랐다. 지난해 여름 이후로는 새 글이 없었다. 목록을 훑어보니 '민재의 연애를 축하하며!'란 제목이 보여서 수연은 얼른 클릭을 해 보았다.

내 친구 민재에게 새로 여자 친구가 생겼다. 그것도 우리 학교 모든 남학생들의 인기 순위 1위인 풋풋한 1학년 이슬비 양! 놀랍지 않나. 내 친구 민재에게 이런 능력이 있을 줄이야!

둘의 사랑을 진심으로 축하한다. 민재야, 슬비야, 알콩달콩 이쁘게 사랑해서 우리 학교 최고의 닭살 커플이 되어라!

처음 둘이 사귀게 된 걸 알았을 때 쓴 게시물이었다. 그 글은 조금도 거짓이 아니었다. 그전에도 수연과 민재는 각각 다른 이성친구와 사귀곤 했지만 그 일이 둘의 우정을 훼손시킨 적은 없었다. 수연은 다른 애들이 여자 친구에게 그러듯이 남자 친구와의 모든 일을 민재에게 미주알고주알 털어놓았고, 민재 역시 그랬다. 수연에게 민재가 남자 친구가 아니라 단짝 친구였듯이 민재에게 수연도 그랬다. 적어도 슬비가 둘 사이를 갈라놓기 전까지는. 아니, 슬비와의 관계조차 처음에는 이렇듯 둘의 우정에 아무런 방해가 되지 않았다. 그 글 밑으로는 덧글이 무려 스무 개나 달려 있었다. 둘의 연애를 축하하는 내용과, 수연과 민재의 우정도 변치 않길 바란다는 내용이 섞여 있었다. 그중에는 민재와 슬비의 것도 있었다.

고마워, 나의 베스트 프렌드 애니 걸 양, 앞으로도 여자의 심리에 대한 좋은 충고 부탁해.ㅋㅋ

수연 언니, 축하 고마워용!^^ 오빠에게 언니가 얼마나 소중한 친구인지 저도 잘 알고 있답니다!

그날, 내가 과학실을 들여다보지 않았더라면 어떻게 됐을까.

수연의 머리에 문득 그 일요일의 학교가 떠올랐다. 잔인한 햇살이 내리꽂히던 그 고요한 복도. 그날 그 장면을 보지 않았다면 민재와 나는 아직도 좋은 친구로 지내고 있을까?

수연은 로그인을 한 다음 '혼자 중얼거리다' 항목을 클릭했다. 그곳은 비밀 일기를 쓰는 곳이라 다른 사람들에겐 보이지 않았다. 목록을 쭉 훑어가던 수연은 '시간을 달리는 소녀'라는 제목을 클릭했다.

보지 말았어야 했을까. 시간을 달리는 소녀처럼 나도 마구 달려 과거의 그 시간으로 돌아가고 싶다. 그럼 그 과학실 앞을 눈 돌리지 않고 그냥 지나갈 텐데……

몰랐다면 아무렇지도 않았을 일이 알았기에 이렇게 괴롭다. 뭐가 다를까. 둘이 사귀는 건 아무렇지도 않았잖은가. 그런데 왜 둘의 입맞춤은 이렇게 나를 괴롭힐까. 그걸 내 눈으로 보았기 때문일까. 모르겠다. 모르겠다.

그 일요일, 과학실 앞을 지나가다 까치발을 해서 안을 들여다본 것은 수연이 의도했던 일은 아니었다. 일요일이었으니 그 안에 누가 있으리라고는 생각도 못했다. 수학 과외에 가려고 챙기다가 숙제를 학교에 놓고 온 것을 그제야 알았던 게 잘못이라면 잘못이었다. 그랬어도 교실로 곧장 갔으면 되었다. 과학실 앞을 지나다 뜬금없이 그 안을 들여다볼 생각을 한 것은 그 전날 〈시간을 달리는 소녀〉를 다운 받아 본 탓이었다. '시간을 달리는 소녀'는 수연처럼 평범한 학생인데 우연히 과학실에 들어갔다가 시간을 뛰어넘는 능력을 갖게 된다. 그래서 수연도 괜히 일요일의 고요한 과학실 안을 들여다보고 싶어졌다. 그리고 수연은 민재와 슬비가 아무도 없는 과학실에서 입을 맞추는 장면을 보고 만 것이다. 진하고 깊은 입맞춤이었다. 수연은 얼어붙은 듯 숨을 죽인 채 그들의 입맞춤을 끝까지 보고서야 까치발을 내릴 수 있었다.

그날의 모든 것은 햇살 하나까지도 수연의 머리에 또렷이 박혔다. 지금도 수연은 그 모든 것을 생생히 떠올릴 수 있었다. 그 기억은 조각도로 새긴 것처럼 결코 지워지지 않았다. 고개를 돌렸을 때 맨 처음 수연에게 박힌 것은 아무도 없는 일요일 학교의 고요함이었다. 누군가에게 세게 얻어맞은 것처럼 정신이 멍한 수연에게 그 고요는 다른 세상처럼 낯설었다. 한낮의 햇살이 창을 통해 복도 위로 쏟아져 넘실거리고 있었다.

소리 없는 햇살의 바다. 너무도 찬란한 그 햇살은 잔인하게까지 여겨졌다. 무섭도록 냉정한 친구처럼. 수연은 그 순간 비가 오면 좋겠다고 생각했다. 친구의 아픔에 무조건 함께 울어 주는 마음

여리고 정 많은 친구 같은 비. 온몸이 떨려 왔다. 춥고 외로웠다. 가슴 한 귀퉁이의 살을 누군가 덥석 베어 간 것만 같았다.

수연은 발소리를 죽인 채 그 잔인한 햇살의 바다를 건넜다. 진심으로 시간을 되돌리고 싶었다. 그러나 시간은 정지되지도, 되돌아가지도 않았다. 그저 흐를 뿐이었다. 수연은 소리를 죽인 채 복도를 지나 간신히 교실 문을 열고 들어섰다. 창가 분단 맨 끝자리, 자신의 자리에 앉자마자 수연은 엎드려 고개를 묻었다. 비질비질 눈물이 새어 나왔다. 울음조차 시원스레 나와 주지 않았다. 복도를 걸어올 동안 통곡이라도 쏟고 싶은 걸 간신히 참았는데, 교실에만 들어서면 엉엉 울음을 터뜨리리라 생각했는데 이상하게도 울음은 터져 나와 주지 않았다. 그 잔인한 햇살이 몸속에 고여 있던 수분을 다 말려 버린 걸까.

쟤네들 사귀잖아. 사귀는 애들끼리 입 맞춘 것뿐이야. 그런데 내 기분이 왜 이렇지.

두 사람이 입을 맞추던 광경은 망막에 착 달라붙어 떨어지지 않았다. 아무리 스스로를 달래도 그 광경을 본 충격은 사라지지 않았다. 그랬다. 그건 단순히 두 아이의 육체적 접촉을 보았다는 충격 이상의 것이었다. 무어랄까, 둘이 입을 맞추던 그 순간, 세상은 민재와 슬비가 속한 세상과 그 나머지 세상으로 나누어지는 느낌이었다. 입맞춤을 해서가 아니라 둘의 입맞춤이 달랐다. 그 느낌이 너무도 강렬했다. 수연은 두 사람의 발길질에 튕겨 나간 것만 같았다. 그러니까 그것은 질투보다는 소외감이었다. 그 순간 민재는 다른 친구에게 갔다기보다 아예 다른 세계로 넘어간 것이었다.

얼마나 그러고 있었을까. 긴 시간이 흘렀다고 생각했는데, 우주가 뒤바뀐 것 같던 그 시간은 채 10분도 되지 않았다. 수연은 물끄러미 운동장을 내다보았다. 아무도 없는 운동장 역시 초여름 햇살에 홀로 달궈지고 있었다. 등꽃들만 활짝 피어 흐드러지고 있었다.

사실 민재는 슬비와 사귀기 전에 엉뚱하게도 수연에게 사귀자는 말을 한 적이 있었다. 바로 저곳, 운동장 귀퉁이 등나무 벤치에서였다. 아직 등꽃이 봉오리도 맺지 않았을 때, 2학년 학기 초였다. 점심을 먹은 뒤 바람을 쐬러 그곳에 가서 함께 앉았을 때, 민재가 갑자기 그 말을 꺼냈다.

"수연아. 나, 너랑 사귀고 싶어."

수연은 어안이 벙벙해서 민재를 바라보았다. 민재가 그런 말을 하다니, 그건 마치 짝꿍 미혜가 자기한테 결혼하자고 하는 것처럼 이상스런 일이었다. 민재는 얼굴을 붉힌 채 수연의 눈길을 피했다. 그렇게 오래 단짝 친구로 지내 왔지만 한 번도 보지 못한 모습이었다. 수연은 당황스러워 얼른 농담으로 그 말을 돌려 버렸다.

"갑자기 왜 그래? 급식 때 쥐 고기라도 먹었냐?"

잠깐 뜸을 들이던 민재는 땅바닥을 보며 작은 목소리로 말했다.

"나, 이 말 힘들게 하는 거야. 이제 널 친구로만 대하는 게 힘들어."

"얘가 왜 이래? 징그럽게! 내 참!"

수연은 어떻게든 그 순간의 어색함을 깨고만 싶었다. 그때 마침 같은 반 친구들이 매점으로 몰려가는 것이 보이자 수연은 냉큼 그리로 달려가 버렸다.

그 뒤로 두 사람 사이는 서먹서먹해지고 말았다. 예전처럼 함께 등하교도 하고, 학원도 다니고, 과외도 했지만 전처럼 속을 털어놓는 일은 없었다. 문자도 하지 않았고, 전화도 하지 않았다. 학교에서는 아무 일도 없는 것처럼 일상적인 대화를 나누었지만 민재와 수연 사이에는 벼락이라도 내려친 듯 무엇인가 갈라져 버린 것이다.

'쟤는 왜 그런 엉뚱한 생각은 해 가지고 그 좋던 관계를 이렇게 만드냐.'

이런 푸념을 혼자 내뱉기도 했다. 온갖 생각과 고민을 나누다가 못 나누니 수연은 답답했다. 하지만 수연은 민재와 '사귈' 생각이 눈곱만큼도 없었다. 민재가 싫어서는 결코 아니었다. 민재는 수연에게 참으로 가깝고도 귀한 친구였다. 그러나 두 사람이 남자와 여자로 사귀게 되면 언제 헤어질지 몰랐다. 수연은 이미 서너 명의 남자 친구와 사귀다 헤어졌다. 수연은 민재를 그런 식으로 잃고 싶지 않았다. 거기다 이성 친구로 사귀게 되면 여자로 잘 보이기 위해 여러 가지를 신경 쓰게 된다. 그러는 게 귀찮고 싫었다. 민재는 눈곱을 덕지덕지 붙이고도 만날 수 있는 편한 친구였으니까. 적어도 그때 수연의 생각은 그렇게 단순했다.

"너, 다른 여자애랑 사귀고 나랑은 예전처럼 편한 친구로 계속 지내면 안 되니?"

수연이 그렇게 말했을 때, 민재는 화난 얼굴로 수연을 돌아보고는 입을 꾹 다물었다. 그래서 둘은 그대로 말없이 어색한 관계만을 이어갔다. 민재는 다른 친구들 앞에서는 예전과 똑같이 까불고 활발하게 놀았지만 수연과 둘이 있게 되면 아무 말도 꺼내지 않고 인상만 썼다. 그런 관계를 견딜 수가 없어서 수연이 농담을 하거나 장난을 쳐도 민재는 대꾸도 하지 않았다. 그러다 슬비를 사귀게 되자 그제야 다시 수연을 예전처럼 대하게 된 것이었다. 수연도 그것을 다행스럽게만 여겼다. 그날 그 장면을 보기 전까지는.

수연은 지난 시간을 되새기는 작업이 흥미로웠다. 공부를 해야 했지만 도무지 이 유혹을 떨쳐 낼 수가 없었다. 바로 한 해 전의 일인데도 이제 보니 아주 오래전의 일처럼 느껴졌고, 한참 어린 자신을 보는 기분이 들었다.

그날 그 장면을 보면서 수연은 자신이 잃는 것이 애인이 될 뻔했던 '남자 민재'만이 아니라 그토록 오래도록 단짝으로 지내 온 '친구 민재'이기도 하다는 것을 여자만의 직감으로 강하게 느꼈다. 그 직감이 무섭도록 정확했다는 것은 그 뒤의 일들이 말해 주었다. 그때의 충격은 결국 쐐기처럼 민재와 수연의 사이를 갈라놓기 시작했다. 수연도 그것에서 벗어나지 못했지만 민재 역시 그날 이후로 달라졌다, 확실히.

수연은 '바람 소리'라는 제목을 클릭했다.

민재와 같이 있는 게 편하지 않다. 나는 민재를 똑바로 바라볼 수가 없다. 그날 그 과학실에서 느꼈던 발길질의 느낌이 내 몸에서 사라지지 않는다. 그 쓸쓸한 바람 소리가 내내 나를 따라다닌다.

이젠 같이 있을 때도 많지 않지만 어쩌다 그럴 때도 우리는 서로 딴생각을 하면서 건성으로 말한다. 민재의 머릿속에 가득 차 있는 슬비를 나는 보지 않으려야 보지 않을 수가 없다. 민재는 지금껏 나와 같은 세상에 존재했지만 이제 그 애는 다른 세상으로 갔다. 슬비와 그 애만의 세상으로.

우리 세 사람에게는 다 바람이 불고 있다. 내게는 쓸쓸한 바람 소리가 들린다. 민재와 슬비에게는 부드럽고 정열적인 바람 소리가 들릴 것이다. 자신들 말고는 모든 것을 다 태워버리는.

그때의 마음이 수연에게 되살아났다. 쓸쓸했다, 정말이지 그때는.

수연은 손을 뻗어 오디오를 켰다.

올려져 있던 CD에서 클래지콰이의 '스피치리스(Speechless)'가 흘러나왔다.

Your skin your breath and I touch you with your thousand memories……

수연의 입에서 저절로 흥얼거림이 새어 나왔다. 여성 보컬 호란의 목소리는 같은 여자가 들어도 아주 관능적이다. 그리고 어딘가 슬비의 목소리와 비슷했다. 슬비는 방송부답게 목소리가 좋았다. 하긴 얼굴도 예쁘고, 공부도 제법 하는 데다 여자 냄새를 풀풀 풍기면서도 화끈한 데가 있는 아이였다. 슬비, 성까지 합하면 이슬비, 만화 주인공 같은 그 이름이 딱 어울리는 아이. 여자애들이 별로 좋아할 애는 아니었다. 모든 것을 갖춘 그 애에 대한 질투심 때문일까. 그것만은 아닌, 어딘가 얄미운 데가 있는 아이이긴 했다. 무엇이든 원하는 것은 깨끗이 가지고야 마는 날렵한 맹수를 보는 느낌. 그러나 남자라면 다를 것이다. 민재가 홀딱 반하고도 남을 아이였다, 그 애는.

그런 슬비를 떠올리니 읽고 싶은 부분이 생각났다. 수연은 비밀

일기 목록 속에서 ‘악몽의 점심시간’을 찾았다. 상당히 긴 글이 딸려 있다.

　오늘 점심시간을 나는 죽어도 잊지 못할 것이다. 급식을 먹고 있는 식당 위로 울려 퍼지던 낭랑한 슬비의 목소리.
　“안녕하세요? 이슬비입니다. 오늘도 햇살이 아주 맑군요. 누구든 사랑하고 싶어지는 화창한 날입니다. 조지 허버트란 사람이 사랑과 재채기는 감출 수 없다고 했다죠? 가슴속에 품은 사랑을 억지로 감춰야 한다면 병이 날지도 몰라요. 누군가를 사랑하게 되었다면 고백을 하세요. 시원하게 재채기를 하듯이! 그럼 지금부터 MBS 목일고등학교 방송반 정규 방송을 시작하겠습니다. 첫 곡은 2학년 3반 정민재 학생의 신청곡입니다. 씽(XING)의 ‘마이 걸(MY GIRL)’. 이름을 밝힐 수는 없지만 자신의 전부인 한 소녀에게 바친다고 꼭 틀어 달라고 했네요.”
　숟가락을 들다 말고 나는 멈칫했다. 자신의 전부…… 그 말이 잭나이프처럼 내 속에 날아와 꽂혔다. 전부라…… 이미 알고 있었다. 하지만 민재의 입으로 그런 말을 들으니 그것은 새로운 고통이었다. 전부…… 이제 정말로 두 사람 사이에 내가 들어갈 틈은 없다. 내 속에 꽂힌 잭나이프가 내 심장을 후벼 파며 안으로 깊숙이 박혀 간다. 스피커에서는 ‘마이 걸’이 흘러나왔다.

“너만 바라본다고 새끼손가락 걸고 나 약속할게요. 기분 좋은 날에 힘이 들 때 울고 싶은 날에 내가 지켜 줄게요……..”

미혜가 당장 스피커를 가리키며 어이없다는 얼굴로 말했다.

“쟤네, 정말 왜 저래? 공적인 방송을 저렇게 남용해도 되는 거야? 진짜 싸가지 빵점이네.”

나는 표정 관리를 해야 했다. 아무렇지도 않은 듯, 다 살아 본 늙은 여자처럼 말했다.

“내버려 둬. 우리도 예전엔 다 저랬어. 사랑에 빠지면 눈에 뵈는 게 있냐?”

밥이 들어가지 않았다. 식판을 반납하고 나오는데, 그때 마침 들어오던 민재와 부딪혔다.

“수연아, 벌써 밥 먹고 가는 거야?”

민재는 조금 미안하긴 한지 평소보다 더 정답게 물었다. 그 얼굴이 보기 싫었다. 하지만 티를 낼 수도 없는 노릇이었다.

그때 옆에 서 있던 미혜가 톡 쏘듯 말했다.

“그래. 넌 좋겠다. 둘이 아주 방송국을 세 냈더라.”

질투와 빈정거림이 묻어 있는 말, 나는 그 말을 내가 한 것처럼 부끄러웠다.

“슬비가 꼭 신청해 달라고 해서 그런 거야.”

민재가 말했다.

아무 말도 하기가 싫어 나는 잘 먹으란 말만 남긴 채 얼른 몸을 돌렸다.

식당 안에서는 '마이 걸'이 계속 흐르고 있었다.

"너만을 사랑한다고 너만 바라본다고 새끼손가락 걸고 나 약속할 게요. 십 년 후 사랑도 지금처럼 너이기를 바래……."

푸후후, 이번에 수연은 글을 읽다 말고 웃음을 터뜨렸다.

뭐야? 겨우 '자신의 전부'란 말 정도로 이렇게 괴로워했단 말이야? 홍수연, 너, 그렇게 안 봤는데 제법 예민하시군. 크크.

도대체 이 정도 일이 뭐가 괴로웠을까? 바로 자신이 겪은 일이고, 바로 자신이 느낀 고통이었는데도 수연은 도무지 실감이 나지 않았다. 조금 전의 쓸쓸함에 함께 젖어 들었던 것과는 달리. 내가 그만큼 컸다는 얘기일까?

수연은 '상실'이란 제목을 또 클릭했다.

민재를 잃는다……

민재를 잃는다는 건 도대체 뭘까. 그것은 마치 아빠가 어느 날 아침에 갑자기 "나, 사실은 네 아빠가 아니고, 옆집 미영이 아빠란다" 하고 선언하는 거나 마찬가지가 아닐까. 아니, 그것만은 아닐까. 이 허전함은, 세상에 나 혼자만 따돌려진 것 같은 이 외로움은 무엇일까. 어쩌면 난 내 자신도 모르게 민재를 남자로서도 좋아했던 걸까.

'쓸쓸하다' 란 제목의 글도 있었다.

쓸쓸했다. 아무것도 손에 잡히지 않았다. 민재 없이 혼자 간 학원에서 선생님이 열강하고 있는 동안, 민재와 슬비가 어디선가 다정하게 얘기를 나누는 모습만을 떠올렸다.

터덜터덜 집으로 돌아와서도 밥도 먹는 둥 마는 둥 하고는 방문을 걸어 잠그고 음악을 크게 틀었다. 누구한테 하소연할 곳도 없었다. 엄마에게도 말할 수 없었고, 친구들에게도 말할 수 없었다. 나한테 가장 친한 친구는 바로 민재였다. 이럴 때 부끄러워하지 않고 모든 것을 털어놓을 수 있는 사람은 민재밖에 없었다. 그러나 그 민재가 이제 다른 아이의 애인, 아니, 애인만이 아닌 친구까지 되어 버렸다. 침대에 엎드린 채 펑펑 울었다. 베개가 축축하게 젖었다.

그런데도 민재와 사귈 걸 그랬다는 후회는 들지 않는다. 민재에 대한 내 마음은 뭐라고 단정 지어 말할 수가 없다. 우정과 애정이 다 섞여 있는 것인지도 모르지만 민재와 사랑을 속삭이고, 입도 맞춘다고 상상하면 너무도 어색하고 웃기기만 하다. 그런데도 슬비와 입을 맞추던 장면은 내 가슴을 갈기갈기 찢어 놓는다. 이건 도대체 어떻게 된 노릇일까? 내 마음인데도 도무지 알 수가 없다.

처음 민재가 슬비와 사귀는 게 아무렇지도 않았던 건 예전에 그랬듯 그런 관계가 둘 사이를 갈라놓을 수 없다는 믿음이 있었던 탓이 아니었을까? 한 살 더 먹었다고 수연은 한 해 전 자신의 마음이 또렷이 보였다. 지금 수연은 마치 타인의 마음을 들여다보듯 자신의 마음을 볼 수 있었다.

수연은 문득 엄마가 해 준 말이 떠올랐다. 민재와의 일을 애기하자 엄마는 히죽히죽 웃으며 수연을 놀렸다.

"한 남자가 한 여자를 성숙하게 만난다는 게 그런 거지, 뭐. 여자 따로, 친구 따로가 되냐? 무슨 따로국밥도 아니고. 그런 게 가능했던 건 니네들이 그동안 미성숙하게 만났던 탓일 뿐이야. 민재는 이제 너보다 먼저 어른이 된 거야. 그러니 이제 넌 설사 친구로는 계속 남더라도 베스트 프렌드가 될 수는 없어. 그다음 순위라도 되면 다행이지."

하여튼 잔인하기로 치면 우리 엄마도 만만치는 않지, 수연은 고개를 절레절레 흔들었다.

하지만 진실은 원래 잔인한 법이다. 엄마 말이 맞았다. 민재나 수연이나 서로 아무리 다른 이성 친구를 사귄다고 해 봤자 둘 사이의 친밀감을 넘어서는 일은 없었다. 사실 그건 우정이나 별 차이가 나지 않는 만남이었기 때문일 것이다. 그런데 민재와 슬비의 만남은 달랐다. 그 무렵 민재도 그런 말을 했다. 난 슬비 옆에 있으면 진짜 남자가 되는 기분이 들어. 그 말이 정확했다. 그 결합에서 남자가 아닌 친구만을 떼어 내기란 어려웠다. 그러니 그 애들 사이에서 자신의 우정이 서 있을 공간은 없었다. 수연이 적극적으로 비집고 들었다면 간신히 서 있을 자리는 만들 수 있었을지 모르겠지만 그거야말로 민재와 수연이 함께 한 오랜 시간에 대한 모독이었다. 수연은 그 사실을 냉정하게 인정했다. 어쩌면 지난 일 년의 시간은 그 사실을 마음 깊이 인정하느라 보낸 시간이었을 것이다. 이제는 그 사실이 아프지 않았다. 그리고 수연은 자신의 마음의 키가 불쑥 자란 느낌이 들었다.

수연은 다시 목록으로 눈길을 돌렸다.

마지막 글이 보였다. 제목은 '추억의 앨범을 덮으며'였다.

이제 민재와는 만날 일이 없다. 학원은 일찌감치 슬비 학원으로 옮겼고, 등굣길도 슬비랑 가라고 내가 보냈다. 학교에서 부딪히기야 하겠지만 그깟 것을 만남이라고 할 수 있는가. 그래, 이제 민재는 오직 어여쁜 슬비만을 위해서 모든 것을 해 줄 것이다. 나한테 했던 것보다 훨씬 더 다정하게. 걔네들은 친구가 아닌 연인 사이이니까.

그 생각을 하니 다시금 옆구리가 뻐근하고, 코끝에 눈물이 맺힌다. 어떤 의미에서든 이제 민재는 나를 떠났다. 얼굴 못 보는 것만이 이별은 아니다. 아직은 졸업할 때까지 학교에서 날마다 얼굴을 보면서 지내야 하겠지만 나와 민재는 이제 더 이상 베스트 프렌드는 아니다. 민재와의 모든 추억을 잊을 것이다. 앨범을 덮듯이.

그 글을 읽는데, 어쩐지 다시금 눈시울이 젖었다. 아직도 상처가 남아 있었던 걸까. 그렇게 친했던 민재를 잃는 일은 수연에게 결코 쉽지 않았다. 민재는 수연이 자신을 내친다는 것조차 잘 눈치채지 못했다. 그저 슬비에게 빠져서 수연이 어느새 자신을 정리했다는 것조차 알지 못했다. 그렇게 민재는 자연스럽게, 수연은 의식적으로 둘은 서로 멀어졌다. 다행히 민재와 슬비는 아직도 교내 최고의 닭살 커플로 애들의 눈살을 찌푸리게 하고 있었다.

수연은 블로그에서 빠져나와 창가로 다가갔다.
어느새 비는 그쳐 거리는 물에 젖은 채 씻은 듯이 깨끗했다.
추억의 앨범, 그런 게 있다면 그야말로 민재와의 추억의 앨범은 두꺼웠다. 수연은 마음속에서 가만히 그것들을 들춰 보았다.
유치원 소풍 때였다. 수연이 가시에 찔렸을 때, 민재는 그 조그만 손으로 수연의 가시를 멋지게 빼 주었다. 그 애가 얼마나 오빠처럼 든든하게 여겨졌던지.

초등학교 5학년 조회 시간에 일사병으로 쓰러졌을 때는, 같은 반이 아니라 다른 줄에 서 있었는데도 당장 달려와 수연을 업고 양호실로 뛰어간 일도 있었다.

중학교 때는 민재가 갑자기 불쑥 키가 커지는 바람에 그때까지 키가 작았던 수연이 속이 상해 같이 안 다니겠다고 한 적이 있었다. 그러자 민재는 집으로 찾아와 몇 시간이나 쪼그린 채 걸어 다니면서 수연을 웃기며 위로했다.

고등학교에 들어와서도 수연이 짝사랑하던 지호에게 발렌타인데이 초콜릿을 대신 가져다주기도 했고, 호준이한테 실연을 당하고 수연이 울고 있자 노래방에서 한 시간 동안 혼자서 이별노래들을 부르며 단독 콘서트를 열어 주기도 했다.

추억의 앨범은 끝이 없었다. 수연의 뺨으로 따뜻한 눈물이 흘러내렸다. 〈이웃집 토토로〉를 봤을 때처럼 가슴이 뭉클했다. 그랬구나, 정말 민재는 내게 너무도 좋은 시간들을 이렇게도 많이 선물했구나. 예전엔 민재와의 이런 추억들을 떠올리면 이제 그런 걸 수연이 아닌 슬비에게 해 줄 거란 생각에 가슴만 아팠다. 그다음에는 세월이 약처럼 아픈 것들을 치료해 줘서 수연은 민재에 대해 아무렇지도 않게 되었다. 그렇긴 해도 그 세월의 약에는 미움이나 원망도 섞여 있었다. 그러나 지금 수연은 진심으로, 어쩌면 까치발을 딛고 과학실 창을 넘겨다보던 그날 이후 처음으로, 민재에게 고마움을 느꼈다. 그러자 비로소 민재와 제대로 이별을 하는 기분이 들었다. 수연은 마음속에서 민재의 앨범 마지막 장을 조용히 덮었다. 그러나 그것은 그 추억들을 잊기 위해서가 아니라 오히려 그것들을 소중하게 간직하기 위해서였다.

산다는 건 마음속에 이런 앨범들을 차곡차곡 쌓아 가는 것이 아닐까? 앞으로 살아갈 동안 얼마나 많은 앨범들을 가슴속에 품게 될지는 신만이 알 것이다. 어쩌면 이별이란 다 채워진 앨범만이 받을 수 있는 선물일지도 모른다. 몇 장 채워지지 않은 앨범은 평생 펼쳐진 채로 남을 뿐이다. 진정한 만남이 없었으니 이별조차 없다. 이별이란 어쩌면 하나의 앨범을 열심히 다 채운 사람만이 받을 수 있는, 저 초등학교 시절 선생님이 찍어 주던 '참 잘 했어요' 도장 같은 게 아닐까?

그러자 다시금 그 의문이 솟아났다.

그날, 내가 과학실을 들여다보지 않았더라면 어떻게 됐을까.

그랬어도 결과는 같았을까. 아니면 눈치 없게 내내 그들 사이에 낀 채 들러리처럼 지냈을까? 엄마 말대로 두 번째 친구쯤으로 밀려서?

베스트는 최상급의 말이다. 한번 베스트 프렌드였던 친구가 비교급으로 물러날 수는 없다. 친구 사이라도 그건 쉬운 일이 아니다. 왜냐면 그것은 한때 최상급이었던 것을 망가뜨리는 일이니까. 수연은 민재와 헤어짐으로써 적어도 자기들이 베스트 프렌드였다는 사실을 망가뜨리지는 않았다. 그것만은 지금 돌이켜 봐도 다행스러웠다.

수연은 핸드폰을 집었다.

정민재, 너는 나의 베스트 프렌드였어. 정말 고마웠어.

민재의 핸드폰 번호는 이제 단축키 1번이 아니다. 수연은 전화번호부에서 번호를 찾아 집어넣었다. 그러나 수연은 '전송'은 누르지 않은 채 핸드폰을 닫았다. 그 말을 굳이 민재에게 해 줄 필요는 없었다. 그 말은 수연 자신에게 해 주는 걸로 충분했기 때문이었다.

책 읽는 게 섹시하
다는 말을 가슴팍에
떡 붙인 채 정신없
이 책을 읽는 여자
의 모습을 상상해
보라. 그럴 수 있는
여자라는 건 세 가
지 경우일 것이다.
완전히 멍청해서 그
말이 무슨 말인지도
모른 채 책을 읽는
경우이거나 그 말이
마음에 들어서 그
옷을 입었지만 그
사실을 잊고 책을
읽는 경우, 그도 아
니면 정확한 목적
아래 그 옷을 입고,
보란 듯이 책을 읽
는 경우.

그 애를 처음 본 순간 나는 웃음을 터뜨릴 뻔했다.

그 애가 익살스럽게 생겼느냐고? 천만에!

나는 학원 강의를 두 타임이나 빼먹고 시내에서 영화를 보았다. 모의고사가 이틀 뒤였지만 특별 상영 중인 〈친절한 금자씨〉를 도무지 놓칠 수가 없었다. 내가 가장 좋아하는 박찬욱 감독 작품이니 미래에 박 감독의 뒤를 이어 이 나라 영화산업을 이끌어 갈 나, 홍민기가 어찌 그것을 놓칠 수 있으랴. 피곤한 몸을 손잡이에 기댄 채 전철에 흔들리며 집으로 돌아가면서도 내 마음은 충만했다. 그러나 한편으론 절망감이 들기도 했다. 도대체 어떤 환경에서 태어나 어떤 경험을 하고 어떤 교육을 받으면 저런 영화를 만들 수 있을까. 나는 박찬욱 감독의 〈공동경비구역 JSA〉도 무척 좋아했지만 〈친절한 금자씨〉에서는 더욱 짜릿한 매력을 느꼈다. 그러니까 학생으로 친다면 〈JSA〉는 공부 잘하는 멋진 범생이 같고, 〈친절한 금자씨〉는 묘한 매력을 가진 날라리 같다고나 할까. 휴우, 어쨌든 나는 영화학과에 가고 싶다는 말도 못 꺼내는 형편이니, 과연 죽기 전에 영화를 건드려 볼 수나 있을까.

눈앞에 걸려 있는 모니터에서는 녹화된 텔레비전 방송이 나오고 있었다. 소음 때문에 들리지 않을 걸 생각해서인지 모든 화면은 자막처리가 되어 있었다. 나는 아무런 흥미도 없이 화면에 눈길을 주었다. 커다란 돼지를 몇 마리나 키우고 있는 외국의 한 부부가 나와서 떠들고 있다. 덩치가 산만 한 다 자란 돼지는 자신의 몸무게를 잊은 채 강아지나 고양이처럼 침대 위로 뛰어올랐다. 덕택에 침대가 부서져서 몇 번이나 바꾸어야 했다고 돼지들 못지않게 체중이 나가 보이는 그 부부는 말했다. 나는 그 부부가 무서운 사람들이라고 생각했다. 그들은 돼지로 하여금 자신이 돼지란 사실을 망각하게 한 것이니까. 저 돼지들은 평생토록 자기들이 개나 고양이인 줄 알고 살 것이다. 괜히 내 속까지 답답해졌다.

그런 생각을 하면서 눈길을 내리던 나는 내 앞에 앉은 여자애의 가슴에서 시선을 멈추었다. 정확히 말하면 가슴이 아니라 티셔츠의 가슴팍에 새겨진 글씨를 본 것이다. 나도 모르게 피식, 웃음이 새어 나왔다.

Reading is sexy!

그 글씨 밑에는 열심히 책을 읽고 있는 소녀가 그려져 있었다. 책 읽는 게 섹시하다는 말을 가슴팍에 떡 붙인 채 정신없이 책을 읽는 여자의 모습을 상상해 보라. 그럴 수 있는 여자라는 건 세 가지 경우일 것이다. 완전히 멍청해서 그 말이 무슨 말인지도 모른 채 책을 읽는 경우이거나 그 말이 마음에 들어서 그 옷을 입었지만 그 사실을 잊고 책을 읽는 경우, 그도 아니면 정확한 목적 아래 그 옷을 입고, 보란 듯이 책을 읽는 경우.

독서삼매경에 빠진 데다 귀에는 이어폰을 꽂고 음악을 듣는 그 아이는 아무것도 모른 채 자기만의 세상에 갇혀 있었다. 그 모습은 확실히 내 눈길을 끌었다. 내 주변의 몇몇 사람도 그 애의 가슴팍을 보면서 소리 죽여 킥킥 웃었다. 그런데도 그 애는 보이지 않는 유리벽 속에 자신을 가두고 있을 뿐이었다. 저러다 내릴 곳이

나 잘 챙기려나, 불쑥 그런 생각이 들었는데, 전철이 멈출 때면 그 애는 차창 밖을 보는 것으로 잠시 유리벽 밖으로 나오곤 했다. 단 정한 단발에 고집스러워 보이는 콧날, 내리깐 눈초리도 제법 길었 다. 거기다 야무지게 다문 입술까지 보아하니 고집 하나는 누구한 테도 안 지게 생겼다. 얼굴은 예쁘다고도 밉다고도 말할 수 없었 다. 묘하다고나 할까, 그런 기준 자체를 비웃는 듯한 모습이었다.

나는 그 얼굴에서 눈을 뗄 수 없었다. 사실 애완용 돼지보다야 그쪽이 백번 흥미로웠다. 그런데 갑자기 그 애가 얼굴을 탁 쳐들 더니 나를 똑바로 바라보는 것이 아닌가. 나는 그만 못 볼 장면이 라도 본 사람처럼 재빨리 고개를 돌렸다. 나도 모르게 얼굴이 붉 어지고 가슴이 뛰었다. 귀찮은 치한을 처리하듯 정면으로 바라보 는 강렬한 눈길. 만원 버스 속에서 누가 더듬기라도 하면 주머니 에서 바늘을 꺼내 찌를 게 분명한 여학생이었다.

하지만 그 애는 금세 읽던 책 쪽으로 눈길을 가져갔다. 나는 얼 굴이 붉어진 채로 여전히 그 애를 힐끔힐끔 훔쳐보았다. 이대로 헤어지기는 아까웠다. 어떻게 할까, 머릿속으로 궁리를 하고 있는 데 전철이 섰다. 그러자 그 애가 벌떡 일어나더니 나를 보며 소리 치는 것이었다.

"야, 이 멍청아, 내려야지, 뭐 해?"

나는 어안이 벙벙했지만 물론 그 애를 쫓아 전철에서 내렸다.

먼저 내린 그 애는 뒤따라 내리는 나를 빤히 바라보고 서 있었다.

"뭐야? 언제 봤다고 남더러 멍청이래?"

무안해진 내가 묻자 그 애가 대답했다.

"너, 나한테 반했잖아? 한눈에 반한 여자가 내리는데 따라 내릴 생각도 안 하고 있으니 멍청이지."

"니가 나한테 반한 게 아니구?"

"니가 나한테 뿅 갔잖아?"

"웃기고 있네. 이거 완전히 공주병 중증 환자 아냐?"

"안 반했어? 그럼 왜 따라 내렸는데?"

"그거야 얼결에……"

"얼결에? 그렇게 안 봤는데 그럼 진짜 멍청이야?"

나를 빤히 바라보는 그 눈동자는 매직펜으로 칠해 놓은 것처럼 새까맸다. 뭐야, 서클렌즈라도 한 거 아냐, 나는 그런 생각을 하면서도, 절대 눈길을 피하지 않는 그 또렷한 눈동자가 마음에 들었다. 나는 그 애의 가슴팍을 가리켰다.

"이런 말로 호객행위를 하다니, 혹시 프로야?"

"이런 말에도 넘어오다니, 넌 호색한이니?"

호색한? 색을 밝히는 놈? 책에서나 나오는 말을 쓰는군. 어쨌든 절대로 지지 않을 아이였다. 나 역시 굳이 이기고 싶은 생각은 없었다.

"좋아. 반했다곤 할 수 없어도 너한테 흥미를 느낀 건 사실이
야. 책 읽는 모습이 약간은 섹시했어."

"독서라는 행위 자체가 섹시한 거야."

"알겠습니다! 이제 싸움은 그만하고 슬슬 인사나 하는 게 어
때?"

나는 그 애를 향해 손을 내밀며 말했다.

"난 홍민기야. 동양고 2학년, 넌?"

"난 송진여고 2학년. 이름은 연저야, 김연저. 연꽃 연(蓮)자에
나타날 저(著)자. 우리 엄마가 연꽃 꿈을 꾸고 날 낳으셨거든."

"누가 물어봤냐? 그나저나 연저라? 거꾸로 하면 저연? 저년이
네. 킥킥."

"그래, 저년이 내 별명이다, 어쩔래? 딸을 낳으면 이연이라고
지을 거야. 이년저년 모녀 한 세트가 되는 거지."

"우리 지금 막 만났는데 벌써 출산 계획까지 짜는 건 좀 오버가
아닐까?"

"시끄러! 나 배 고프니까 라면이나 먹으러 가자."

그 애는 그러면서 앞장서서 걸어 나갔다. 나는 시계를 보았다.
학원이 끝날 시간이었다. 학원이 끝나면 늘 라면을 사 먹었으니
이제부터는 리얼 타임으로 계산하면 될 일이었다. 여기서 집까지
는 전철로 세 정거장이니 그 시간쯤의 여유는 있었다. 나는 망설

임 없이 그 애, 김연저의 뒤를 따라갔다.

연저는 전철 역 앞에 있는 허름한 분식집으로 지체 없이 들어서며 큰 소리로 외쳤다.

"엄마, 손님 하나 물고 왔어. 라면 두 그릇 줘. 계란 풀어서."

나는 깜짝 놀라 분식집 아주머니를 쳐다보았다. 연저와는 전혀 다른, 눈매가 순하고 수수해 보이는 그 아주머니는 입을 가리고 웃으며 말했다.

"어서 와. 못 보던 친구네. 이리 앉아요. 내가 얼른 라면 끓여 줄게. 우리 연저가 저렇게 장난꾸러기야."

나는 뭐가 어떻게 된 건지 얼떨떨한 채로 자리에 앉아 연저를 뚫어져라 바라보기만 했다. 그러나 그 애는 눈을 내리깐 채 나와 눈을 맞추지 않았다.

"자, 얼른들 먹어. 배고프겠다!"

아주머니가 라면 두 그릇을 갖다 주며 말했다. 나는 벌떡 일어나 라면을 받아 들며 꾸벅 인사를 했다.

"잘 먹겠습니다."

근처 학원에서 쏟아져 나온 학생들이 우르르 몰려와 아주머니는 곧 바빠졌고, 우리는 둘 다 말없이 라면만 먹었다. 라면을 다 먹자 연저는 빈 그릇을 들고 주방으로 갔다. 나는 라면 값을 내는 게 실례가 되는지 안 되는지를 몰라 주춤하고 있다가 조심스레 라면 값을 내밀었다.

"저…… 맛있게 잘 먹었습니다."

아주머니는 눈이 동그래지더니 두 팔을 마구 내저으며 말했다.

"아이구, 무슨 돈을 내? 딸내미 친구한테 라면 값 받는 사람 봤어? 얼른 집어넣어. 그리고 자주 놀러와."

가만히 나를 바라보고 서 있던 연저는 픽, 하고 웃더니 나를 따라 나왔다.

"날 진짜 삐끼로 알았니? 농담도 못 알아듣는 멍청이!"

나는 그냥 웃기만 했다. 갑자기 연저가 내 팔짱을 꼈다.

"여기 작은 공원 있는데, 한 바퀴만 돌고 가. 너랑 조금만 더 있고 싶거든."

연저가 매달린 팔 쪽으로 따스한 온기가 밀려왔다. 기분이 좋았다.

"날 어머님께 선보인 거야?"

"우리 엄말 너한테 선보인 거지. 아닌가? 내가 라면집 딸이란 건 내 정체성 중의 핵심이거든. 나를 이룬 8할은 라면이란 말이야. 몸도 마음도 학비도. 그러니까 나를 소개하는 절차였다고나 할까?"

"라면을 많이 먹게 해 주는 걸로 이 홍민기를 꼬시려 했다 이

거군."

"후후, 상당히 센 유혹 아니야? 나야 보다시피 얼굴도, 몸매도 평균치밖에 안 되니까 먹는 걸로나 꼬셔야지."

"하하!"

그야말로 절대로 물리칠 수 없는 유혹이었다. 학원이 끝나고 출출해진 배에 라면보다 흡족한 음식은 없었다, 맹세코!

그런데 연저가 갑자기 내 얼굴을 빤히 들여다보더니 말하는 것이었다.

"너, 사귀는 여자애 있구나. 그치?"

뭘 보고 그런 말을 하는지는 알 수 없었다. 그냥 넘겨짚어 보는 건가?

나 역시 연저를 바라보았다. 그러나 절대로 눈길을 피하지 않는 그 까만 눈동자에 그만 피식 웃음이 나왔다.

"그럼, 있지. 얼굴도 너보다 이쁘고, 몸매도 너보다 좋은데, 불행히도 라면집 따님이 아니야. 나, 이거 완전 갈등인걸."

내 말은 거짓이 아니었다. 수지가 예쁘고 총명한 아이란 건 내가 멋진 남자인 것과 마찬가지로 자타공인의 사실이다. 그런데 나는 우연히 만난 이 아이에게 지금 걷잡을 수 없이 끌려들고 있는 것이다!

걷는 사이에 공원에 다다랐다. 연저의 말대로 자그마한 공원에는 아무도 없었다. 외눈박이 가로등만이 스파게티 소스 같은 주황빛 불빛을 흘리고 있을 뿐이었다. 무슨 생각을 한 것일까, 연저가 문득 걸음을 멈추더니 내 입술에 살짝 입술을 갖다 댔다. 아주 짧고 가벼운, 입맞춤이라기보다는 아이들의 뽀뽀에 가까운 접촉이었지만 그 보드랍고 따스한 입술의 감촉은 내 입술에 그대로 남았다. 나는 정신이 아득해서 멍하니 서 있는데 연저의 태연한 목소리가 들렸다.

"어때? 이런 걸 화살처럼 스쳐간 입맞춤이라고 하지. 그냥 너한테 도장을 찍은 거야. 물론 널 혼자 차지할 생각은 추호도 없어. 독점은 나쁜 거니까. 오죽하면 독점방지법이 다 있겠어?"

하하, 나는 그 말에 웃음을 터뜨렸다. 연저는 계속 나를 당황케 한다. 주머니에서 불쑥 비둘기를 꺼내는 마술사처럼.

"하지만 네 애인은 널 독차지하고 싶어 하겠지. 보통 멍청한 여자애들이 그러잖아? 너 같은 멍청이의 애인도 멍청할 건 뻔하지. 그럼 그렇게 믿게 만들어 줘. 넌 멍청하긴 해도 뇌세포는 괜찮아 보이니까 그 정도는 할 수 있지? 그렇게만 하면 라면은 실컷 먹게 해 줄게."

나는 영화 속에서 흔히 보듯이 그 애의 말을 내 입술로 막고 싶었다. 차마 그러지는 못했지만 중학교 때부터 사귀어 온 수지의 얼굴은 그 순간 조금도 떠오르지 않았다.

집에 들어가니 아버지는 거실에서 굳은 인상으로 신문을 펼쳐 들고 있었고, 엄마는 침대에 드러누운 채 내 인사를 받는 둥 마는 둥 했다. 두 사람이 또 싸운 모양이었다. 자주 있는 일이라 나는 신경도 쓰지 않았다. 두 사람은 사소한 일로 걸핏하면 저렇게 냉전을 벌였다. 그래도 소리를 지르거나 뭘 던지거나 때리는 일은 없으니까 나는 이 정도는 보통 가정의 모습이거니 생각한다. 좀 늙은이 같은 생각인가?

그때 핸드폰 벨이 울렸다. 수지였다. 나는 얼른 화장실로 들어 갔다. 꿀걱, 저절로 침이 삼켜졌다. 찔리긴 좀 찔렸던 것이다.

"야, 홍민기, 너, 말도 없이 땡땡이 까고 어디 갔다 온 거야?"

"쉿, 조용히 해. 집에도 말 안 했단 말이야."

"그러게 어딜 갔냐구?"

"영화 한 편 때리고 왔다, 왜?"

"어쭈, 너, 요새 왜 그래? 낼 모레가 모의고산데 지금 제정신이야?"

"그만해. 니가 내 엄마냐?"

"너, 요즘 아주 이상해진 거 알아? 이번 시험, 지난번 성적에서 1등만 떨어져도 당장 차 버릴 테니까 알아서 해."

딸깍, 전화는 끊겼다. 심한 피로가 몰려왔다. 수지는 상대를 진정으로 위하는 것만이 최고의 사랑이라고 여기는 아이였다. 건전한 애인이었지만 문제는 상대에게 진정으로 좋은 것이 무엇인지를 자기 혼자 판단한다는 점이었다. 그런 애였으니 〈라스베가스를 떠나며〉를 비디오로 함께 보았을 때도 몹시 분개했다. 어떻게 사랑하는 사람이 알콜 중독인데 술을 먹게 놔둘 수가 있어? 그러면 죽는 걸 알면서 말이야. 저런 건 사랑이 아니야. 수지는 그렇게 말했지만 나는 그 영화 속의 인물들을 충분히 이해할 수 있었다. 사랑하는 사람이 죽을 줄 알면서도 그가 원하는 것을 해 주는 것이 꼭 옳은 일은 아니겠지만 때로는 그런 사랑이 더 깊은 사랑일 수도 있다는 걸 나는 그 영화에서 깨달았다. 그런 수지였으니, 나를 진정으로 위하는 것은 성적을 올려 좋은 대학에 가게 하는 것이라고 생각하여 늘 이렇듯 공부를 챙기고 닦달했다. 수지야 상위권 학생이니 지금까지 그렇게 살아온 게 몸에 배었겠지만 나는 간신히 중위권에 속한 몸이라 수지의 그런 간섭이 견딜 수 없었다. 하지만 수지의 높은 성적과 그런 식의 태도 때문에 엄마는 우리의 교제를 매우 달가워했고, 수지를 몹시 귀여워했다.

　그런데 나는 지금 다른 의미로 수지에게 고마움을 느꼈다. 수지의 잔소리 전화 덕분에 미안했던 마음이 싹 가신 것이다. 그러나 수지는 화를 내고 전화를 끊은 게 마음에 걸렸는지 금세 문자를 보내왔다.

화내서 미안, 하지만 슬럼프에 빠질 여유도 우린 없잖아? 힘을 내. 조금만 참으면 우리에겐 빛나는 미래가 있어.

빛나는 미래라…… 나는 그 문자를 가만히 들여다보다 화장실 문을 열고 나왔다. 누나 방 앞으로 갔다. 문을 두드리니, 들어와, 하는 소리가 들렸다. 재수생인 누나는 매트를 깔아 놓고 요가를 하고 있었다.

"집 안 분위기가 이런데 요가가 돼?"

내가 놀리듯 묻는데 누나는 잠깐 동작을 멈추고 나를 보더니 이렇게 물었다.

"너, 학원 땡땡이 쳤지?"

"뭐? 아냐!"

하지만 나는 금세 꼬리를 내렸다. 예전부터 깐깐한 엄마는 속이기가 쉬웠지만 어수룩한 누나는 속일 수가 없었다.

"하여간 누나는 귀신이야. 그렇게 표가 나?"

"그래, 얼굴에 '기. 분. 좋. 다' 라고 써 있는걸. 학원을 빠진 거야 기본이겠고, 수지랑 데이트한 정도로도 그런 표정은 안 나올 것 같은데?"

나는 또 뜨끔했다. 여자들은 뭘 먹고 커서 다들 이렇게 날카로운가?

"사실은 〈친절한 금자씨〉 보고 왔어!"

"잘하는 짓이다! 지난달에도 네 성적 떨어졌다고 엄마 혈압 올라간 것도 잊었냐? 엄마한테도 좀 친절해지시지."

말은 그렇게 하면서도 누나는 다시 엎드리더니 멋지게 뒷다리를 뻗었다. 사람에게야 앞다리 뒷다리가 따로 없겠지만 그러고 있으니 꼭 뒷다리라고 불러 줘야 할 것 같았다. 겉으로 뭐라고 말하든 누나는 결코 그런 일로 나를 비난하지 않는다. 어떻게 걱정의 화신인 우리 부모 사이에서 누나 같은 자식이 생겼는지 모르겠다. 누나는 모든 일에 태평이다. 걱정이라곤 안 한다. 오직 얼굴과 몸매를 잘 가꿀 생각만 할 뿐이다. 집에서도 누나에 대해선 포기했다. 그 바람에 나한테 더 악착같이 기대를 해서 나는 영화학과에 가고 싶다는 말도 못 꺼내는 형편이지만.

"그러니까 누나, 절대 비밀로 해야 해! 엄마가 알았다간 큰일 나."

"알았어. 방해되니까 얼른 꺼져."

나는 방문을 닫으려다 다시 고개를 들이밀고 누나에게 물었다.

"누나, 우리의 빛나는 미래란 게 대체 뭘까?"

조금만 참으면 온다는 그 '빛나는 미래'라는 수지의 말에 어쩐지 비위가 상한 것이다.

"뭐긴 뭐야? 일류 대학에 가서 사람들한테 선망의 시선을 받고,

좋은 직장에 취직해 남부럽지 않게 사는 거지. 간단히 말해 건전한 속물이 되는 거야."

이제 고양이처럼 등을 올리는 자세를 취한 누나는 잘라 내듯 대답한다. 갑자기 둔중한 망치가 날아와 뒤통수를 탕 때린 것만 같다. 저래서 내가 누나를 무시하지 못한다. 어떤 때는 정말 외모에만 집착하는 한심한 젊은 여자 같은데 가끔씩 저렇게 정곡을 찌르는 것이다. 그럼 건전한 속물이 되기 위해 삶을 저당 잡히며 모든 욕구를 누르며 사는 우리는 어린 속물인가? 나는 입을 다문 채 누나의 방문을 닫고 나왔다.

나야말로 혁명을 한 것도, 살인을 한 것도, 여자와 도망간 것도 아니다. 겨우 학원 한 번 빼먹고 영화관에 갔고, 처음 만난 여자애랑 살짝 입을 맞춘 게 다였다. 그런 하찮은 일이 대단한 일탈이 된다는 건 그만큼 지금까지 내 삶이 형편없는 삶이었다는 말이다. 이렇게 형편없던 삶이 대학에만 간다고 대단한 삶으로 바뀔 수 있을까. 아니다. 이렇게 살던 자는 영원히 이렇게 살게 될 뿐이다.

다시금 연저가 떠올랐다. 그 애는 어떤 애일까. 당돌하면서도 어딘가 안쓰러움이 느껴지는 아이, 연저를 떠올리니 따뜻하고 부드러웠던 그 입술과 짜릿했던 몸의 전율이 딸려서 떠올랐다. 그 순간을 떠올리는 것만으로 내 몸은 순식간에 열탕기처럼 달아올랐다. 나는 온몸을 감싸는 그 전율에 내 몸을 더 맡기고 싶었다.

모의고사 준비 따위, 그런 것은 지금 내가 원하는 게 아니었다. 지금 이 순간, 살아 있다는 느낌은 연저와 있었던 시간을 떠올리며 다시금 그 아늑하고 달콤한 감정에 젖는 일이었다. 나는 그대로 이불 속으로 들어갔다. 짜증스런 부모의 신경전도, 내일 모레로 닥친 모의고사도, 대학입시의 불안도 그 순간은 다 사라졌다. 나는 연저의 입술만을 생각했다. 온몸으로 다시금 뜨거운 해일이 몰려왔다.

다음 날 점심시간이 되자 수지가 교실 앞에서 나를 불렀다. 우리가 커플이라는 것은 전교에 다 알려져 있는 일이라 새삼 거리낄 일은 없었다.

"왜? 수업도 땡땡이 쳤을까 봐 감시하러 온 거야?"

내 말에는 나도 모르게 가시가 박혀 있었다.

"내가 어젯밤 곰곰이 생각해 봤는데, 너 요즘 상태가 정말 걱정돼. 얼른 제자리로 돌아와. 까딱하면 물살에 떠내려 가는 거야. 잠시라도 한눈팔면……"

나는 수지의 지나치게 진지한 태도가 아니꼬웠다.

"걱정 마시라구. 떠내려 가도 네 손은 놓고 갈 테니까. 넌 꿋꿋이 물살을 헤치고 나가라구!"

비겁하다. 나는 내가 비겁하다고 느꼈다. 나는 지금 모든 것을 수지 탓으로 몰아가고 있다. 아무래도 연저에게 기울어 가고 있는 마음에 죄책감을 느꼈나 보다. 지저분하군, 나라는 인간은. 그러는 나를 수지가 가만히 올려다보았다. 눈길이 서늘했다.

"알았어. 지금부터 나는 네 손 놓을 테니까 혼자 멋대로 떠내려가!"

수지의 목소리는 모든 흥분이 가신 낮은 목소리였다. 그러면서 수지는 조용히 몸을 돌려 복도를 걸어 나갔다, 천천히. 나는 달려가 수지를 붙잡고 싶었지만 그러지 않았다.

수지를 그렇게 보내고 나니 연저에게 마구 쏟아져 가던 마음도 이상하게 가라앉았다. 하지만 기분은 더러웠다. 나는 자리로 돌아와 앉으며 이어폰을 꽂은 채 몸을 흔들고 있는 짝꿍 재철이의 MP3를 홱 낚아챘다.

"어어, 왜 그래?"

"자식, 책을 읽으려면 집중해서 봐야지. 이 형님이 기분 꿉꿉하니 좀 들어야겠다."

애인만 잘 만나고 와선 왜 난리야, 재철은 그렇게 구시렁거리면서도 순순히 MP3를 넘겨주었다. 빅뱅의 노래가 흐르고 있었다.

돌아보지 말고 떠나가라 또 나를 찾지 말고 살아가라 너를 사랑했기에 후회 없기에 좋았던 기억만 가져가라……

나는, 앗, 뜨거라 싶어 이어폰을 얼른 귀에서 뗐다. 마음에 걸리는 것들은 이렇게 내내 쫓아다니는 모양이다. 나는 MP3를 재철에게 도로 던지고는 영어책을 꺼냈다. 그러나 글자는 한 자도 눈에 들어오지 않았다.

결국 나는 핸드폰을 꺼내 연저에게 문자를 보냈다.

오늘 저녁 8시, 그 공원에서 보자. 보고 싶다.

오늘 저녁 8시에는 내일 볼 모의고사를 대비한 마지막 정리가 있다. 족집게로 유명한 강사가 강남에서 일부러 초빙되어 온다. 이 수업까지 빠졌을 때 새파랗게 질릴 수지의 얼굴이 떠오른다.

그러나 연저의 답장은 뜻밖이었다.

오늘은 시험공부 할 거야. 내일이 모의고사잖아?

나는 아무 답변도 쓸 수 없었다. 연저에 대해 배신감마저 들었다. 내게 연저는 공부 따위에는 자유로운 아이로 비춰졌던 것이다. 그것은 내가 만들어 낸 환상이었을까. 오후 시간은 내내 머릿속이 복잡했다. 시험 공부하라고 선생님이 자습 시간을 주었지만 검은 막에 가려진 듯 수학 문제 한 줄조차 풀 수 없었다. 내일이 모의고사인데, 연저까지 모의고사 공부를 한다는데, 나는 왜 이러는가. 나는 혼자만 라인 밖으로 내동댕이쳐진 느낌이었다.

내 발걸음은 학원으로 향하지 않았다. 만나 달라고 구걸할 생각은 없었다. 그냥 그 애를 찾아가리라. 내가 아는 곳은 라면집뿐이어서 나는 그리로 향했다.

분식집 문을 밀고 들어가며 나는 얼른 실내를 둘러보았지만 연저는 보이지 않았다. 나는 연저의 어머니에게 고개를 숙이며 인사를 했다. 그 아주머니는 금방 나를 알아보며 반가워했다.

"응, 연저는 집에 갔는데. 여기서 가까워. 가 봐."

나는 아주머니가 가르쳐 준 대로 골목길로 들어섰다. 쓰레기봉투들이 문 앞마다 늘어서 있는 어둡고 좁고 더러운 골목이었다. 발만 하얗고 온몸이 새까만 고양이 한 마리가 음식물 쓰레기 봉투를 물어뜯고 있다가 나를 보더니, 키약, 하고 사나운 소리를 냈다.

그 골목 끝에 연저의 집이 있었다. 문을 두드릴 필요도 없었다. 골목으로 나 있는 창은 열려 있었고, 그 앞에는 헤드폰을 낀 채 책상에 앉아 공부하는 연저의 모습이 정면으로 보였다. 연저의 뒤로는 낡은 텔레비전이 켜져 있고, 후줄근한 트레이닝복 차림의 머리가 허연 아저씨가 넋을 잃고 그것을 보고 있었다.

텔레비전에서만 보던 가난한 집이 거기 있었다. 아니, 가난한 단칸방. 모든 것이 허름하고 낡았다. 무엇보다도 한 집안의 사생활이 이렇게 창문 하나로 세상에 다 드러나고 있다는 게 가장 가난하게 느껴졌다. 나 같으면 하루도 견딜 수 없으리라. 문득 허락도 없이 이런 비밀스런 풍경을 보는 일이 마음에 걸렸다. 연저가 화내지 않을까.

나는 그렇게 물끄러미 연저를 바라보고만 서 있었다. 지금 연저와 나는 서로 마주 보고 있는 셈이었지만 헤드폰을 끼고 책을 읽고 있는 연저는 전철에서 만났던 바로 그날처럼 나의 존재를 알아채지 못하고 있다. 연저야, 하고 부르고 싶었지만 그 말은 목에 걸려 나오지 않았다. 여전히 연저의 가슴에는 'Reading is sexy!' 라는 문장이 빛나고 있었다.

그때 인기척을 느꼈는지 연저가 고개를 들었다. 연저의 얼굴이 스위치를 켠 듯 순식간에 환해졌다.

"어머, 너! 어떻게 알고 왔어?"

연저의 외침에 힘없이 텔레비전을 보고 있던 아저씨가 고개를 돌렸다.

"아부지, 내 친구 민기야. 인사드려. 우리 아버지야. 아프셔서 말은 잘 못해."

나는 방충망을 사이에 둔 채 연저의 아버지에게 꾸벅, 인사를 했다.

어머니처럼 선량한 얼굴이었지만 그 얼굴은 병색이 짙었다.

"아부지, 나 나갔다 올게."

그러더니 연저는 쪼르르 밖으로 달려 나왔다. 연저가 이렇게 좋아할 줄은 나도 몰랐다.

연저는 나오자마자 내 팔에 매달리며 말했다.

"어쩌면 전화도 없이 오냐?"

"시험공부 안 해? 이렇게 쪼르르 나오면 어떡해?"

"님께서 직접 왕림하셨는데, 감히 공부를 어이 하오리까?"

"치, 데이트 거절할 땐 언제고? 무슨 공부하고 있었어?"

"『백경』을 읽고 있었어. 허먼 멜빌의."

"고래에 미친 선장 나오는 거? 그레고리 팩이 주연이었는데."

"응. 맞아. 영화도 있어. '내 이름은 이슈마엘이다.', 영화도 그렇게 시작하지 않았니?"

"듣고 보니 그런 것 같은데? 이슈마엘이란 이름을 들어 본 거 같다."

"추방자, 방랑자란 뜻이야. 추방되었으니 방랑할 수밖에 없지. 추방된 방랑자가 자발적인 방랑자보다 멋있잖아? 그쪽이 더 그늘이 짙으니까. 그래서 이슈마엘보다 에이허브 선장이 매력적이야, 나는."

"이슈마엘은 그럼 누구야?"

"그 소설의 화자야. 선원으로 나오는."

"모의고사 공부한다는 애가 뭘 그런 걸 읽고 있냐?"

"얘가 뭘 모르네. 모의고사라는 건 원래 독해력과 언어능력이 우수해야 잘 치는 거야. 그러니까 보다 수준 높은 시험공부지."

우리는 골목길을 빠져나와 거리를 걷기 시작했다. 지금쯤 학원에서는 족집게 강사의 열강이 펼쳐지고 있을 것이다. 나는 연저에게 물었다.

"넌 무슨 과를 가고 싶은데? 국문과나 영문과?"

"이 순진한 도련님아! 우리 집에 와 보고도 그런 소리가 나오냐?"

"응?"

나는 당황해서 얼굴이 붉어졌다.

"대학 갈 돈이 어딨니? 우리 아버진 쓰러져서 몸이 말을 안 들어. 그래도 똥오줌 칠 정도가 아니라 정말 다행이지만. 우리 엄마라면 판 돈, 그거 갖다 바칠 만큼 대학이 대단하단 생각은 안 들거든. 돈이 남아 돌면 갈 만은 해. 언젠가 그렇게 되면 그때 가지, 뭐. 그러면 도서관학과에 가고 싶어. 사서를 하면 좋을 것 같애. 섹시한 직업이잖아?"

"사서가 섹시하다는 말은 첨 들어 본다. 그나저나 넌 왜 그렇게 섹시한 걸 좋아하냐? 가슴에까지 써 붙이고 다니질 않나…… 너, 섹시한 데 대해 콤플렉스 있지?"

"콤플렉스 좋아하시네. 이쁜 여자가 이쁜 걸 알아보는 거지. 〈친절한 금자씨〉안 봤어? 거기서 이영애가 그러잖아? 이쁜 게 좋아, 뭐든지. 난 섹쉬한 게 좋거든, 뭐든지. 내가 워낙 섹쉬하다 보니까, 킥킥."

"그래, 그래. 이제부터 섹쉬한 년이라고 불러 주지."

섹쉬한 년, 나는 속으로 그렇게 웅얼거려 보았다. 괜히 몸이 근질거렸다. 그 말에 떠오르는 건 포르노 잡지의 표지 모델 같은 여자들이었다. 어떻게 봐도 연저와는 연관되지 않는 말이었다. 나는 연저에게 다시 물었다.

"그럼 졸업하면 취직하는 거야?"

"그래야지. 지금도 아르바이트는 열심히 해. 오늘은 쉬는 날이지만. 어제도 매장 옷 정리 일 하고 오던 길이었어."

"그랬니? 난 학원 땡땡이 치고 바로 그 〈친절한 금자씨〉를 보고 왔는데. 이거 좀 찔리잖아?"

"뭘 찔려 찔리긴? 나도 읽던 책 재밌으면 아르바이트 제껴 버려. 그래서 자주 잘리지. 사실은 실업계로 갔어야 했는데, 책 읽기엔 아무래도 인문계 쪽이 나을 것 같아서……. 취직하려면 무지 힘들 거야. 하지만 뭐, 아르바이트를 몇 탕이고 뛰어서 메꾸면 돼."

아무리 밝게 말해도 나는 연저의 마음이 안쓰럽게만 느껴졌다.

내가 연저였다면 친구들과 형편을 비교하는 것만으로도 죽고 싶었으리라. 대학 입시를 걱정하지 않는 고등학생을 만난 게 처음이라서 나는 기분이 다 이상했다. 이런 삶도 있다. 내 친구들은 대학에 못 가면 죽을 것처럼 살고 있는데.

"그러는 넌 무슨 과에 가고 싶은데?"

연저가 물었다.

"맞춰 봐."

"영화과."

"어? 어떻게 알았어?"

"어떻게 알긴? 입만 열면 영화 얘기만 하면서?"

나는 입을 다물었다. 내 꿈은 그게 무엇이든 영화와 관련된 일을 하는 것이지만 영화과에 가겠다는 얘기는 입도 뗄 수 없다. 하지만 그런 얘기를 연저 앞에서 했다가는 또다시 멍청이 소리를 들을지도 몰랐다.

"난 책만 읽을 수 있으면 돼. 책만 읽을 수 있으면 뭘 해도 상관없어. 그런데 무슨 일을 하든 차 타고 다니면서나 집에 와서는 책을 읽을 수 있잖아? 책을 못 읽는 직업이란 없지 않아? 그래서 내 인생은 무조건 만족스럽게 되어 있어."

어느 과를 가든지 영화 공부는 따로 할 수 있다고 생각해서 나도 그만큼 양보할 수 있긴 했다. 대학까지만 부모 뜻대로 따라 주고, 부모의 체면을 세워 주면 그다음에는 내 마음대로 살 거라는 계산이었다. 그러나 내 나이의 타협치고는 참 불순하고 불결하다.

나는 괜히 연저에게 주눅이 드는 기분이었다. 한편으로는 그렇게 말하기까지 연저가 겪었을 갈등이 짐작이 가 가슴이 뭉클하면서도, 또 한편으로는 그렇게 분명하게 자신의 삶을 탁탁 정리해서 합리적인 결정을 척척 내려 버리는 그 애에게 반발도 일었다.

"쳇, 잘난 척하긴 어지간히 잘난 척해."

그런데도 연저는 전혀 기분 나빠하지 않았다.

"원래 책 좀 읽는 애들은 잘난 척해. 사실 좀 잘났거든."

"아이구, 요걸!"

나는 내 팔에 매달려 있는 연저의 팔뚝을 꼬집었다.

공원으로 들어서니, 어제의 입맞춤이 생각나 내 얼굴은 벌써 달아올랐지만 공원에는 여기저기 사람이 제법 있어 내 꿈을 이루기는 요원해 보였다. 하지만 입을 맞추지 못해도 나는 충분히 만족스러웠다. 연저와 있는 이 순간이 행복했다. 이 순간 자체가.

누군가 일류 대학에 가는 건 섹시해, 라고 말해 준다면 좋겠다. 그러면 나는 이제부터라도 흔들림 없이 그 게임에 내 청춘을 걸 수 있을 텐데.

우리는 겨우 빈자리를 하나 찾아내 나란히 앉았다. 어둑어둑해

지는 저녁 빛 속에서 가로등이 비로소 켜졌다. 그 빛을 받자 연저
의 가슴팍에 써진 그 빛나는 문구가 다시금 반짝였다.

Reading is sexy!

연저의 가슴 위로 작은 별들이 떠오른 것만 같았다. 나는 이 별
들을 오래도록 보고 싶다고 생각했다. 문득 고개를 들어 보니 서
쪽 하늘에 푸른 별 하나가 막 떠오르고 있었다. 제법 섹시한 별이
었다. 나는 그 별을 향해 가만히 입술을 내밀었다.

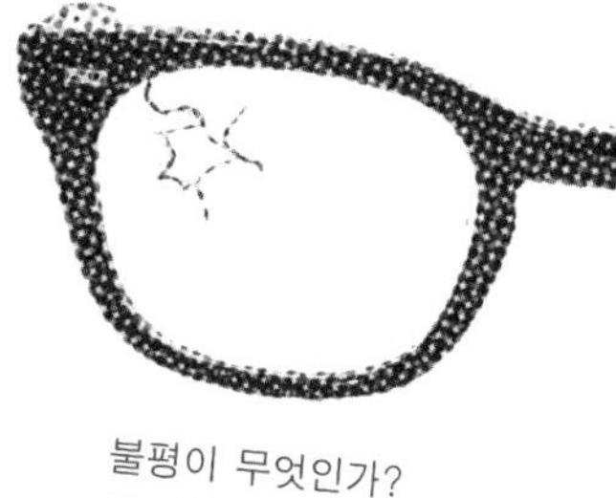

불평이 무엇인가?
그 아이의 국가관은
웬만한 군인이나 경
찰 못지않게 철저했
다. 투덜거리던 애들
도 지현이가 옆을
지나갈 때면 입을
다물었다. 입을 다물
뿐만 아니라 그 순
간만은 눈빛을 반짝
이며 진정으로 투철
한 국가관을 지니게
되는 것이었다. 하지
만 그것은 지현이의
국가관에 감응을 받
아서가 아니라 지현
이의 매력에 넋이
나간 탓이었다.

1

“받들어——총!”

구령대 앞에 선 그 애의 우렁찬 목소리가 운동장으로 울려 퍼진다.

하얀 체육복에 얼룩무늬 교련 가방을 멘 단발머리 여학생들은 일제히 단호한 동작으로 손을 이마에 붙인 채 짧은 음절의 “충성!”을 외친다.

학급의 반장이라 어쩔 수 없이 소대장의 지위를 맡은 나는 나의 소대, 2학년 1반 학생들의 맨 앞에 선 채 온몸이 얼어붙은 듯 잔뜩 긴장하고 있다. 2천 명이 넘는 전교생이 함께 하는 제식훈련이지만 한 사람이 하듯 한 치의 흐트러짐도 없어야 하는 것이다.

누구 하나라도 틀린 행동을 하면 모두가 다시 그 훈련을 반복해야 한다.

이 세상에서 내가 가장 싫어하는 게 바로 바퀴벌레와 교련 사열이다. 바퀴벌레라면 늙은 것이든 어린 것이든 다 끔찍하게 싫듯이 교련에 관련된 것 역시 내게는 어느 것이나 다 치를 떨리게 할 뿐이었다. '전쟁시 긴급환자 처치를 위한 붕대 감는 법' 따위를 배우는 교련 수업도 소름 돋게 싫었고, 인형처럼 오목조목 예쁜 얼굴에, 어둑한 복도 저 끝에서 걸어올 때면 매끈한 호리병형 몸매가 검은 실루엣으로 고혹적인 교련 선생도 밥맛 떨어지게 싫었다. 내가 감은 압박붕대는 허술하기 짝이 없어서 그 어여쁜 교련 선생의 지휘봉이 틈새를 비집고 파고 들어와 쑥 들춰 올리면 허무하게도 주르르 풀려 버리곤 했다. 그뿐인가. 거꾸로 내가 환자가 되고 다른 아이가 간호병이 되어 내 몸에 붕대를 감을 때에도 이상할 만큼 그 붕대는 힘없이 술술 풀려 버리는 일이 잦았다. 몸서리치게 싫은 것들은 저들 역시 나를 싫어하는 것이 분명했다.

"반장, 이래 가지고 어디 환자 치료가 되겠어?"

그 어여쁜 여자는 생긴 것과는 달리 암팡진 음성으로 빈정거렸다. 그 말 속에는, 반장인 너는 다른 과목은 다 충실하게 잘하면서 내 과목만 무시한다 이거지? 그런 속내의 빈정거림이 그대로 묻어났고, 성적표엔 어김없이 교련 성적 '양' 이 또렷하게 박혔다.

대개 체육이나 음악, 미술 등의 교과목 선생님들은 반장 같은 학급 임원들에게 설사 소질이 부족하다 하여도 후한 점수를 주는 편이었기에 수학 담당인 담임은 교련 점수를 보고 발끈하여 소리를 높였다.

"아니, 어쩌면 반장한테 '양'을 주니? 해도 해도 너무한 것 아니야?"

비쩍 마른 데다 안경까지 낀 전형적인 노처녀 캐릭터인 담임은 예쁘고 젊고 몸매 고혹적인 교련 선생을 안 그래도 미워하는 게 역력했던 터라 나의 점수는 그녀의 심기를 단단히 건드렸다. 하지만 나는 속으로, 나 같으면 '가'를 줘도 시원찮았을 거예요, 하고 중얼거렸다. 그랬다. 내 태도에는 그 과목과 그녀에 대한 경멸이 가득 배어 있었으니 '양'이면 사실 후한 점수였다.

그렇게 교련이라면 몸서리를 치는 터였으니 나는 교련 사열을 할 때마다 핏줄 끝까지 팽팽해지는 긴장감으로 간신히 그 시간을 버텨 내야 했다. 고문이 따로 없었다. 가뜩이나 넋을 잃고 다른 생각에 잠기기를 잘하는 내가 일사불란하게 움직여야 하는 대열의 맨 앞에서 지휘를 해야 한다니, 그 압박감은 누군가 두 손으로 목을 조여 오는 것처럼 내 숨통을 막히게 했다.

"뒤로 돌앗!"

"좌향 좌!"

"우향 우!"

몸이 뻣뻣하게 굳은 상태로 그런 명령 소리에 시달리다 집에 간 날이면 귓속에서 이명처럼 구령 소리들이 울렸다. 정도 차이가 있을 뿐 그건 다른 아이들도 마찬가지였다.

"씨팔, 전쟁 나면 진짜 우리를 총알받이로 쓸 건가? 땡볕에 이게 무슨 지랄이야?"

입이 거친 은호는 아예 욕을 쏟아놓았고,

"내 피부 다 상하겠어. 이담에 얼굴로 먹고 살아야 할 이 몸을 이렇게 가치 하락시켜도 되는 거야?"

장래 희망이 탤런트인 정희는 울상이 되어 투덜거렸다.

"여자로 태어나서 딱 하나 좋은 게 군대 안 가도 되는 건데, 내 참, 꽃다운 이 나이에 군사 훈련이나 받아야 하다니!"

아이들의 불평은 끝이 없었다. 모두들 교련 시간을 좋아하지 않았고, 무엇보다 제식훈련을 싫어했다. 체육 시간에 나가는 것도 귀찮아서 꾸무럭거리는 엉덩이 무거운 말만 한 처녀들에게 뒤로 돌앗, 앞으로 갓, 우향 우, 좌향 좌, 헤쳐 모여, 같은 구령에 맞추어 몇 시간이고 단순 움직임을 계속해야 한다는 것은 고역 중의 고역이었다.

하지만 교련 사열에 대해 절대로 불평을 하지 않는 아이가 단 한 명 있었다. 그 애가 바로 우리 성학여고 연대장, 우리의 학도호국단장 전지현이었다. 불평이 무엇인가? 그 아이의 국가관은 웬만한 군인이나 경찰 못지않게 철저했다. 투덜거리던 애들도 지현이가 옆을 지나갈 때면 입을 다물었다. 입을 다물 뿐만 아니라 그 순간만은 눈빛을 반짝이며 진정으로 투철한 국가관을 지니게 되는 것이었다. 하지만 그것은 지현이의 국가관에 감응을 받아서가 아니라 지현이의 매력에 넋이 나간 탓이었다.

전지현, 성학여고 최고의 미녀, 성학여고 최고의 늘씬녀, 지현이는 우리 학교 학생들의 우상이었다. 그 애는 큰 키에 늘씬한 몸매, 이목구비 반듯한 근사한 얼굴로 등하교 길마다 남학생들의 넋을 빼놓아 가방 가득 연애편지를 담아 오는 매력적인 여학생이었지만 동시에 동성인 우리들의 마음도 앗아 가고 있는 묘한 여자애이기도 했다. 그 애의 얼굴에는 중성적인 미소년 같은 매력이 배어 있을 뿐만 아니라 도무지 여학생답지 않은 투철한 국가관에, 무심한 말투, 남성적인 성격으로 쏟아 놓을 곳이 없는 우리들의 억눌린 열정들까지 빨아들이고 있었다.

한창 때인 열일곱, 열여덟의 여자들이 교칙 엄한 학교 울타리 안에 가둬진 채 만날 수 있는 남자라고는 늙어빠진 남선생들뿐이었으니, 어딘가 남자 같고 멋진 동성의 친구에게라도 그 피 끓는 에너지를 쏟아붓는 것은 어쩌면 당연한 일이었다. 쉬는 시간마다 그 애를 보러 온 여학생들이 교실 뒷문에 선 채 몰래 그 애를 훔쳐보다 달아나곤 하였고, 아침마다 그 애의 책상 서랍 속에는 시집이나 초콜릿, 말린 꽃 편지 등이 연모의 감정이 묻어 있는 편지와 함께 놓여 있곤 하였다.

그런 지현이었으니 "받들어—— 총!" 하는 그 우렁찬 음성이 운동장에 울려 퍼지면 우리는 순식간에 교련 사열에 대한 모든 불평을 잊고 그 애의 구호에 절대 복종하는 모드로 바뀌는 것이었다. 그 혹독하고도 어이없는 교련 사열을 견디게 해 주는 유일한 힘은 우리 모두에게 있어 바로 그 애, 학도호국단장 전지현에게서 나온다고 해도 과언이 아니었다. 그것은 그 애에 대해 이 학교에서 유일하게 태연한 심장을 가지고 있다고 자부하는 나라고 해도 결코 예외는 아니었다.

2

교련 사열을 한 날이면 교실은 언제나 어수선했다. 종일 체육복을 입은 채 수업을 받던 아이들은 종례 시간이 되자 집에 가기 위해 옷을 갈아입느라 법석이었다. 우리 반은 그래도 여자 담임이라 아이들은 종례를 들어가며 교복 치마 밑으로 미처 못 벗은 체육복 바지를 벗겨 내리느라 다들 바빴다.

그런데 종례를 마칠 때 담임이 뜻밖의 말을 했다.

"내일 아침엔 오는 순서대로 원하는 사람끼리 앉도록! 그러면 방학할 때까지 그 자리로 계속 갈 테니까."

아이들은 환성을 질렀다. 한 학기의 반이 지나도록 학기 초에 키 순서대로 앉혀 놓은 자리를 분단만 돌아갈 뿐 단 한 번도 바꾸지 않았던 탓이었다. 안 그래도 짝이 아니어서 불만이었던 애들은 다음 날 같이 앉기로 새끼손가락을 걸어 가며 귀가 길을 서둘렀다. 나는 누구하고나 잘 지냈고 아이들의 신망이 높았지만, 단짝 같은 건 없었다. 언제나 옆자리에 앉은 아이가 옆에 앉아 있을 동안 가장 친한 친구가 되어 화장실 갈 때나 집에 갈 때 같이 가는 사이가 되었지만, 짝이 바뀌면 또 그렇게 친한 아이도 자연스레 바뀌어졌다.

담임의 말에 내 짝인 은호는 얼른 옆 분단의 미숙이와 쪽지를 주고받았다. 보나마나 내일 아침 같이 앉자는 말이리라. 은호가 내 눈치를 보는 기색은 전혀 없었다. 아이들에게 나는 조금도 미안함을 느끼게 하는 대상이 아니었다. 이를테면 나는 나무랄 데 없는 촉망받는 학생이었다. 내 속의 외로움 따위는 일단 나부터도 인정하고 있지 않았으니까.

다음 날 아침, 내가 교실에 들어섰을 때는 이미 듬성듬성 몇몇 자리들이 차 있었다. 평소 같으면 빈 교실의 문을 첫 번째로 여는 건 언제나 나였다. 나는 치한들이 바글거리는 등굣길의 만원 버스가 싫어서 늘 새벽에 집을 나섰다. 새벽의 빈 교실에 들어설 때, 그제야 책상과 의자들이 부스스 눈을 뜬 듯 나를 맞아 주는 그 느낌이 몹시 좋았다. 다른 애들이 올 때까지 나 혼자 만끽하는 그 빈 공간의 충만함에 나는 거의 중독이 되어 있었다. 그랬는데 자리차지 때문에 그 기쁨을 빼앗긴 것이다. 다른 날과 달리 단짝끼리 눈 비비며 일찍 학교로 달려온 아이들은 짝이 된 기쁨을 만끽하며 벌써들 즐겁게 소곤거리고 있었다.

나는 창가 분단의 맨 뒷자리로 가 앉았다. 수업 시간에도 몰래 소설책을 꺼내 놓고 읽기 좋은 자리였다. 이 자리를 되찾은 게 기뻤다. 1학년 때도 이렇게 오는 순서대로 자리에 앉게 될 때면 나는 늘 창가 분단의 맨 뒷자리에 앉았다. 이 교실의 창가로는 버드나무 한 그루가 창에 닿을 듯이 서 있어 더욱 마음에 들었다. 이제 날이 더워지면 연둣빛 송충이들을 빗물처럼 후드득 떨어뜨려 아이들을 기겁하게 할 나무였지만.

나는 자리에 앉자마자 버스 속에서 읽던 책을 꺼냈다. 『안나 카레리나』였다. 지적이면서도 열정적인 그 여자에게 나는 푹 빠져 있었다. 두꺼운 책의 무게가 내 어깨를 휘청이게 해도 나는 그 책을 놓을 수가 없었다. 나는 어느새 주변의 모든 존재를 잊었다. 내 영혼은 19세기 러시아 귀족 사회로 날아가 있었다.

"여기 앉아도 되지?"

누군가가 내 옆에 털썩 앉으며 그렇게 물었다. 나는 몽롱한 시선을 그대로 돌려 옆을 바라보았다. 여기 앉아도 되냐는 허락을 구하는 말이 아니었다. 그것은 앉겠다는 의사 표시를 나타내는, 거절이란 있을 수 없다는 확신을 나타내는 말이었다. 지현이가 내 옆에 앉다니! 너무도 놀라워 순간 가슴이 철렁 내려앉았지만 내 얼굴은 지극히 태연했다.

"응."

나는 심드렁하게 짧은 대답만 뱉고는 다시『안나 카레리나』에 코를 박았다. 하지만 바로 조금 전까지 나를 빨아들였던 그 책이 더 이상 머릿속으로 들어오지 않았다.

"뭘 읽는 거야?"

지현이의 머리가 펼쳐 둔『안나 카레리나』의 책장 위로 쑥 들어왔다.

"아이고, 이렇게 작은 글씨들을 잘도 읽네. 너, 참 용하다!"

내가 대답할 새도 없이 감탄을 뱉던 그 애는 책표지를 들춰 보더니 덧붙여 말했다.

"이거 영화로 봤는데, 진짜 권선징악적인 좋은 얘기더라. 역시 불륜의 끝은 파멸이야."

그러더니 그 애는 다시 제 머리를 빼 가 정치 경제 참고서 위로 가져갔다. 나는 진심으로 감탄했다. 『안나 카레리나』에서 '권선징악'을 읽어 내는 대한민국 여고생이 과연 몇이나 될까?

그러나 저러나 주위를 둘러보니 어느새 자리들이 다 차 있었다. 내가 『안나 카레리나』에 빠져 있는 동안 오늘따라 일찍 온 아이들은 재빨리 짝짓기를 마쳤다. 그러니까 나는 저렇게 자리가 차도록 선택되지 못하고 있었던 것이다. 지현이는 나를 택해 내 옆에 앉았다기보다는 남아 있는 빈자리가 몇 개 되지 않아 내 옆에 앉은 것인지도 몰랐다. 내 얼굴이 삽시간에 달아올랐다. 하지만 나는 곧 평정을 되찾았다. 아이들에게 나는 만만하고 편한 친구는 아니었으리라. 아니, 그렇지 않다고 한들 상관없다.

나는 다시 관심을 지현이에게로 돌렸다. 과연 학도호국단장답지 않은가? 예비고사를 앞둔 고3이라면 모를까, 고2 여학생이 시험 때도 아닌데 정치 경제 참고서를 읽는 경우는 흔치 않았다.

"정치를 좋아하는 거니? 경제를 좋아하는 거니?"

내 물음에 지현이는 고개조차 돌리지 않고 대답했다.

"당연히 정치지. 경제 같은 건 재미없어. 정치가 얼마나 재밌냐? 나는 박정희 대통령을 이 세상에서 가장 존경하는데, 정치는 모두 박 대통령 얘기잖아?"

'그거야 당연하지. 그 사람은 독재자니까.'

그런 말이 목 언저리에서 맴돌았지만 나는 그 말을 삼켰다. 우

리는 열여덟 평생 동안 다른 대통령을 만난 적이 없었다. 이 세상
에 태어나서 부딪힌 대통령은 오직 박정희 한 사람이었다. 4.19 직
후 윤보선 대통령이 있었다는 사실은 배웠지만 우리는 그때 말도
못하는 갓난아기였다. 박정희가 군대를 이끌고 나라 도둑질을 했
던 61년에 우리는 비로소 걸음마를 시작했다. 그 뒤로 우리가 달
음박질을 하고, 생리를 하고, 머리가 굵어질 동안 우리의 대통령
은 오직 박정희 한 사람이었다.

　뉴스의 첫 머리는 언제나 "박정희 대통령은 오늘……"로 시작
했고, 동사무소든 교무실이든 보이는 모든 곳엔 그의 사진이나 그
가 쓴 휘호들이 걸려 있었다. 교과서든 텔레비전이든 모든 것들이
그를 민족 최고의 영도자로 끝없이 격찬하고 있었다. 하지만 나는
역사 교수인 아버지를 통해 그가 선포한 유신헌법이 3권 분립을
근본적으로 부정한 독재자의 법이라는 것을 이미 듣고 있었다. 그
는 언론이고 사법이고 모든 것을 틀어쥔 채 죽을 때까지 대통령
자리를 놓지 않기 위해 지금 몸부림을 치고 있을 뿐이다. 그런 것
들이야 아버지의 애기만으로 내 피부에 직접 와 닿지 않는다 해도
학도호국단을 부활시켜 이 바퀴벌레만큼 싫은 교련 수업과 제식
훈련을 받게 한 것만으로도 나는 그가 지긋지긋했다.

　하지만 지현이는 학도호국단장이다. 그것도 다른 학교의 학도
호국단장과는 달리 투철한 사명감으로 이 일을 하고 있는 아이니

나와는 생각이 다를 것이었다. 이제라도 전쟁이 터진다면 지현이는 분명 잔다르크처럼 깃발을 쳐들고 선봉에 나가서 싸울 애였다. 그런 생각을 하자 나는 피식, 웃음이 나왔다. 들라크루아가 그린 '민중을 이끄는 자유의 여신' 이라는 그림이 떠올랐다. 한 손에는, 자유, 평등, 박애를 상징한다는 프랑스의 삼색기를 높이 쳐들고, 또 한 손에는 장총을 든 채 진두지휘를 하는 그 자유의 여신은 놀랍게도 풍만한 양쪽 가슴을 다 드러내고 있었다. 문득 지현이가 그런 모습으로 우리를 이끌고 있는 모습이 떠올랐다. 저 멋진 몸매로, 오, 얼마나 에로틱할 것인가. 담장을 사이에 둔 중민고등학교 남학생들이 그 모습을 봤다면 모두 까무러쳤을 것이다. 거기까지 생각이 미치자 나도 모르게 입 밖으로 웃음소리가 새어 나왔다.

"왜 웃어? 그런 책도 웃기는 데가 있니?"

지현이가 물었다. 나는 당황해서 얼른 얼버무렸다.

"아, 아니. 갑자기 코끼리 빤쓰가 코털 뽑는 장면이 떠올라서……"

코끼리 빤쓰는 하마처럼 거대한 체구를 지닌 우리 화학 선생의 별명이었다. 그는 수업시간에 늘 자기의 코털을 뽑는 습관이 있었다.

아무렇게나 둘러댄 말이었는데도 지현이는 당장 정치 경제 참고서에 얼굴을 박으며 큰 웃음을 터뜨렸다. 그 웃음소리에 아이들이 모두 뒷자리의 우리를 돌아보았다. 그 눈빛은 하나같이 나에 대한 부러움으로 가득 차 있었다. 지현이가 반장 옆에 앉았네, 좋겠다, 반장은. 그런 수군거림들이 내 귀에까지 들려왔다. 그러나 지현이는 무심한 건지 둔한 건지, 아이들의 그런 시선을 전혀 눈치채지 못한 채 다시금 정치 경제 참고서에 빠져들었다. 곁눈으로 흘끗 바라보니 그 애가 열심히 보고 있는 항목은 그 악명 높은 유신헌법 항목이었다. 보나마나 중학교 때부터 귀에 딱지가 앉도록 들어온 '한국적 토착 민주주의'니 어쩌니 하는 말들이 적혀 있을 것이다. 잊혀지지도 않는다. 중학교 때, 어린 우리들을 앉혀 놓고 사회 선생은 말했다. 갓 쓰고 양복 입은 꼴이 얼마나 우스워요? 우리의 헌법은 지금까지 그랬던 겁니다. 이제 갓에 맞는 한복으로 갈아입은 것, 그게 바로 위대한 유신헌법입니다.

지현이라고 달랐을까? 대한민국 중학생들은 다 똑같은 교육을 받았을 것이다. 나는 그런 선생님의 말씀에 눈을 반짝반짝 빛내며 주먹을 불끈 쥐고 있는 어린 지현이를 본 것만 같아 피식, 다시금 웃음이 새어 나왔다.

하지만 박정희를 좋아하건, 유신헌법을 맹종하건, 『안나 카레리나』를 불륜 예방 도덕서쯤으로 파악하건, 그 사실이 지현이의 매력을 앗아 가지는 못했다. 지현이는 여전히 매력적이었다.

1교시가 시작되기도 전에 예나 다름없이 교실 앞은 지현이의 팬들로 웅성거렸다. 그런 일에 익숙한 지현이는 복도 쪽으로는 눈길도 보내지 않은 채 여전히 유신헌법의 연구에만 몰두해 있었다. 뒷문 앞에 앉은 숙희가 그 팬들을 달래서 보내고는 그 애들이 가져온 편지와 선물을 한 아름 받아 안고 지현이에게로 왔다.

"지현아, 이거, 너 갖다 주랜다."

그제야 참고서에서 눈길을 거둔 지현이는 눈살을 찌푸리며 그것들을 받아 들었다. 한눈에도 인형부터 초콜릿까지 없는 것이 없어 보였다.

"미친년들!"

짧게 뱉는 그 애의 욕설에 나는 짜릿한 쾌감을 느꼈다. 상쾌했다. 지현이는 자신의 감정을 솔직하게 드러낼 뿐 잘난 척하는 구석이라곤 없었기에 더욱 그랬다. 숙희가 그 틈을 타고 끼어들었다.

"지현아, 넌 인형 같은 거 싫어하지? 그 곰 인형, 나 주라."

"응. 가져."

지현이는 한 치의 망설임도 없이 곰 인형을 숙희에게 건넸다. 그러고도 그 애는 책상 위에 놓인 편지와 물건들을 한심한 눈길로 내려다보더니 불쑥 나를 보며 말했다.

"명혜야, 너도 뭐 하나 가질래?"

구조를 요청하는 듯한 간절한 그 말에 나는 책상 위에 놓인 물건들로 시선을 돌렸다. 지현이의 경멸 어린 눈길을 받은 그 아기자기한 물건들은 한순간에 빛이 바래어 모두 쓰레기처럼 느껴졌다. 나는 꽃과 나비가 수 놓여 있는 손수건 한 장을 집었다. 그러자 지현이는 앞자리에 앉은 미숙이와 은호를 툭툭 치며 또 말했다.

"니네들도 뭐 갖고 싶은 거 있으면 하나씩 가져."

"정말?"

그 애들이 반색을 하며 소리를 지르자 옆자리의 애들까지 몰려들었다. 그렇게 하여 아침에 받은 팬들의 선물은 삽시간에 사라져 버렸다. 편지까지도 가져가라고 하자 아이들은 너도 나도 그것들을 들고 가 서로 펼쳐 들고 킥킥거렸다. 급기야 은호는 편지 한 장을 들고 일어서서 일부러 과장된 어조로 읽어 내려갔다.

"사랑하는 지현 언니, 언니의 모습을 보는 낙으로 저는 이 외롭고 삭막한 학교생활을 견뎌 내고 있어요. 언니는 저를 모르시지만 저는 지나가다 복도에서라도 언니를 본 날이면 행운의 여신이 나를 버리지 않았구나 생각하며 감사 기도를 올려요, 푸하하하!"

"이게 완전히 연애편지지. 지현아, 너, 큰일났다. 남자고 여자고 왜 다들 너한테 이 야단이니?"

아이들이 웃음을 터뜨리며 한 마디씩 보탰지만 지현이는 끄떡도 하지 않았다. 다른 친구가 그랬다면 무시하는 듯한 그런 고자

세에 반발이 생겼겠지만 묘하게도 지현이가 그렇게 나오면 어떤 아이도 상처를 입지 않았다. 아이들은 제풀에 잠잠해졌다. 다시금 평화를 찾은 지현이는 척추를 똑바로 세운 꼿꼿한 원래의 자세로 돌아와 유신헌법의 연구에 맹렬히 파고들었다.

3

3교시부터 갑자기 부슬부슬 비가 내리기 시작했다. 물리 선생님이 예비군 훈련을 받으러 간 탓에 마침 자습 시간이었다. 나는 여전히 『안나 카레리나』에 빠져 있었다. 이제 브론스키가 슬슬 안 나에게 싫증을 내 가고 있었다. 책장을 놓을 수 없는 나는 물리 선생님을 예비군 훈련에 동원해 간 박정희 정권에게 감사장이라도 보내고 싶었다. 그래서 지현이가 언제 자리를 떴는지도 전혀 모르고 있었다.

그런데 갑자기 어느 순간 지현이가 나를 툭 치며 책받침을 내밀었다. 고개를 들어 보니 비에 젖어 후줄근해진 그 아이가 우뚝 서 있었다. 앤 왜 비를 맞고 왔을까, 생각하며 책받침을 내려다보니 그 위에는 동그란 달팽이들이 잔뜩 기어 다니고 있었다. 너무도 뜻밖의 광경에 나는 하마터면 소리를 지를 뻔했지만 가까스로 참았다.

"예쁘지?"

지현이가 나를 보며 물었다. 그 애가 달팽이를 내려다보는 표정에는 사랑스러움이 가득 담겨 있었다.

"으…… 응…… 근데 웬 달팽이야?"

"비가 오니까 달팽이들 생각이 났어. 우리 시골 집 마당에 비만 오면 애네들이 막 나오거든. 저기 운동장 뒤쪽 꽃밭에 잔뜩 나와 있더라."

지현이는 달팽이가 우글거리는 책받침을 책상 위에 올려놓고 수건을 꺼내 젖은 머리를 닦았다. 그때 마침 "지우개 좀……" 하며 몸을 돌리던 은호가 "꺄악!" 비명을 지르며 자리에서 튀어 올랐다. 그 바람에 아이들이 모두 비명을 지르며 책상 위로 뛰어올랐다. 순식간에 벌어진 일이었다. 나와 지현이만이 어이가 없어서 그 광경을 멍하니 바라보고 있었다. 교실에서 터지는 갑작스런 비명은 열에 아홉은 쥐의 출현이었기에 아이들은 사실 확인을 할 새도 없이 파블로프의 개처럼 조건반사 행동을 한 것이었다. 반장인 내가 이 소동을 가라앉혀야 했지만 나는 하도 어이가 없어서 그저 책상 위를 기어가고 있는 달팽이들을 내려다보기만 했다. 달팽이들은 귀가 없는가? 이 놀라운 소동 속에서도 그것들은 꾸준히 느릿느릿 제 갈 길들을 가고 있었다. 하지만 나는 달팽이가 아니었고, 지금은 전시가 아닌 평화시였다. 그 말은 내가 이 학급의 소란을 가라앉혀야 한다는 말이었다. 가까스로 정신을 차린 나는 앞으로 나가 칠판을 탁탁 두드렸다.

"조용히 해! 다들 제자리에 앉아!"

하지만 내 목소리는 아이들의 소음에 묻혀 버렸다. 지금이 전시라면 좋을 것을, 전시라면 우리의 학도호국단장 전지현이 들라크루아 그림 속 자유의 여신처럼 우리를 이끌어 줄 텐데.

나의 통솔력은 형편없었다. 아이들은 자기들을 놀라게 한 것이 쥐가 아니라 달팽이란 것을 알자 나의 노력 따위는 아랑곳없이 모두들 지현이 옆으로 우르르 몰려들었다. 아무리 생각해도 반장을 성적으로 뽑는 것은 말도 안 되는 짓이다. 그렇지만 박정희 정권은 통일주체국민회의 대의원들을 체육관에 모아 놓고 대통령을 뽑게끔 헌법을 바꾸어 놓은 터라 어린 학생들에게 직접 선출의 쾌감을 알게 해서는 안 되었던 것이다. 그리하여 유신 이후로 나는 오직 학급 1등이라는 이유 하나로 늘 반장에 임명되어야 했다. 나는 무엇인가를 책임지는 일이 정말로 두려웠다. 앞에 나서서 무언가를 하는 일도 죽기보다 싫었다. 그런데도 나는 내내 그런 일을 맡아야 했고, 피할 수가 없었다. 구령 소리가 작다는 이유로 학도호국단장 후보로는 애당초 오르지 않은 게 그나마 다행이라면 다행일까.

“다들 제자리에 가서 앉아!”

나는 다시금 칠판을 두드리며 소리를 쳤지만 내 말에 귀를 기울이는 애라곤 하나도 없었다.

그때였다. 지현이가 벌떡 일어서더니 예의 그 우렁찬 목소리로 구령을 붙이는 것이었다.

“동작—그만!”

아무도 예상치 못한 일이었다. 아이들도 놀라서 멍하니 지현이를 바라볼 뿐이었다.

“일동—원 위치!”

아, 그 모습을 무어라고 말해야 할까. 조금의 장난기도 없는 진지한 그 모습. 이것은 신의 장난이라고 나는 생각했다. 적어도 저런 짓을 진지하게 하려면 그에 맞는 우스꽝스러운 외모를 가져야 했다. 가슴이 서늘해지도록 아름다운 저 애가 저런 행동을 조금만치의 유머도 섞지 않은 채 하는 것을 보는 것은 그 자체로 비극이었다.

그제야 아이들은 우글거리던 게들이 제 구멍으로 쏙쏙 스며들듯 각자 제자리로 찾아들어 갔다. 지현이도 책받침 위에 달팽이들을 그러모으더니 조용히 뒷문으로 나갔다. 나는 그 애의 뒷모습을 바라보며 내 자리로 돌아와 앉았다.

한참이 지난 뒤에야 지현이는 빈 책받침을 들고 다시 비에 홀딱 젖은 채 들어왔다.

"다 풀어주고 온 거야?"

내 물음에 지현이는 수건으로 머리를 닦으며 말했다.

"응."

"근데 왜 이렇게 오래 걸렸어?"

그러자 지현이는 나를 보며 배시시 웃었다. 평소에 보였던 무심하고 엄격해 보이는 미소가 아니라 저 시골 농부처럼 순박하고도 환한 웃음이었다.

"달팽이들 노는 걸 구경했어."

"이렇게 비가 쏟아지는데?"

"응. 비 맞는 것도 몰랐네."

나는 그만 말을 잊었다. 지현이네 집이 시골이고, 중학교 때부터 서울로 유학을 와 친척 집에서 살고 있다는 얘기는 들어서 알고 있었지만 이런 면을 본 적은 없었다. 나는 문득 가슴 한귀퉁이가 허물어지는 느낌이 들었다. 다시 『안나 카레리나』에 코를 박았지만 그 지적이고도 열정적인 안나와 이 완고하고도 순박한 지현이 중에서 누가 더 매력적인지를 나는 알 수 없었다. 아, 싫다. 이러다 나도 저 한심하기 짝이 없는 전지현의 추종자들 그룹에 끼게 되는 건 아닌가. 싫다. 그것만은 절대로 내가 갈 수 없는 길이다!

4

"허허, 이 나라가 이제 어디로 가려고 하는지……"

신문을 읽던 아버지는 혀를 찼다.

"남쪽이나 북쪽이나 똑같아. 국민을 허수아비로 알아."

"하지만 그 국민들이 유신헌법을 찬성했잖아요? 그것도 압도적인 다수로."

정치사를 공부해 갈수록 나는 우리 국민에게 짜증이 났다. 우리 국민이란 다른 사람이 아닌 바로 지금의 어른들이었다. 바보들 같으니, 나는 그들을 도무지 이해할 수 없었다.

"그러게 말이다. 부끄럽지. 하지만 손발 다 묶어 놓고, 눈 가리고 입 막고 하는 짓이니…… 절대로 이 정권은 오래 못 갈 게다. 역사를 보면 분명해. 이건 마지막 발악 같은 짓이야."

"내 눈엔 박정희가 황제까지 될 것 같은데요? 나폴레옹 비슷하지 않아요? 어쨌든 국민들에겐 영웅으로 떠받들리고 있으니까 뭔 욕심인들 못 내겠어요?"

나는 박정희 황제의 대관식 모습을 상상해 보았다. 그러고 보니 나폴레옹의 대관식을 그린 그림이 떠올랐다. 다비드의 그림이었던가? 조세핀에게 왕비의 관을 씌우는 장면이었다. 그렇다면 박정희 황제는 곤룡포를 입고, 박사모에 술을 드리운 것 같은 옥황

상제 왕관을 써야 하나? 그 생각을 하니 또 웃음이 나왔다. 아무리 아버지와 심각하게 정치 애기를 하고 나라의 앞날을 걱정해도 내 얼굴에는 아버지처럼 어두운 그늘이 생기지 않았다. 아버지도 그렇다면 좋을 텐데, 아버지의 얼굴에는 나날이 짙은 그늘이 드리워졌다. 아버지는 가끔 탄식을 했다. 이제 이 노릇도 때려치울 때가 가까운 것 같다. 그러기 전에 내가 떨려 나올 수도 있겠지만. 아무것도 가르칠 수가 없어. 어떤 진실도 말할 수가 없으니.

아버지와 나는 정치 애기를 자주 나누었다. 어렸을 때부터 아버지는 역사 교수답게 내게 올바른 세계관과 비판적 시각을 가지게 해 주려고 애썼다. 하지만 나는 아버지 몰래 그 군부 독재자에게 '친애하는 박정희 대통령 각하께'로 시작하는 장문의 편지를 써 보낸 적도 있었다. 아, 그 사실을 아버지가 알면 얼마나 배신감을 느낄 것인가. 물론 철없는 1학년 때의 일이긴 했다. 용의검사를 받던 날이었다. 우리 학교의 머리 길이는 귀밑 2센티미터로 정해져 있었다. 중학교 때의 귀밑 1센티미터에서 그래도 1센티미터가 늘어난 것이긴 했지만 이 학교 선생은 곱슬기가 있어 귀 뒤로 넘기면 동그랗게 말려 올라가는 내 머리를 손으로 잡아당겨 쭉 펴서 길이를 재는 것이 아닌가. 중학교에서조차 그렇게 야비한 짓은 당하지 않았다. 나는 수치심으로 온몸이 달아올랐다. 분했다. 다시는 그런 인격 모독을 당하고 싶지 않았다. 아버지와 앉아서 말로

만 비판하는 것으로는 아무것도 바꿀 수 없었다. 그래서 나는 권력자인 그를 설득하기로 마음먹었다. 나는 평소에 내가 그를 얼마나 존경하는지를 거짓말로 범벅을 만들어 쓴 다음, 그가 결단을 내려 학생들의 '두발 자유화'를 실행시켜 줄 것을 요구했다. 단발이 일제 시대의 잔재라는 것을 누누이 강조했으며, 빡빡머리의 남학생들은 감옥에 갇힌 수인의 머리 스타일을 연상시켜 우리 사회를 자유가 없는 사회로 오해시킬 수도 있다는 협박 비슷한 말까지 집어넣었다.

그 편지를 보낸 뒤 며칠이나 마음 조이며 기다렸지만 답장은 오지 않았다. 그래도 나는 어느 날 아침 갑자기 '두발 자유화'라는 대통령 성명이 나오지 않을까 오매불망 기대했다. 물론 그런 날은 오지 않았다. 그러면 그렇지, 박정희는 링컨과는 달랐다. 링컨은 시골 소녀가 보낸 편지를 보고 수염을 길렀다는데. 하지만 나중에 생각하니 그 일이 천만다행으로 여겨졌다. 만약 내 편지를 받고 그가 두발 자유화를 선포했다면 내 편지도 분명 함께 공개가 되었으리라. 저 링컨에게 보낸 시골 소녀의 편지는 지금까지도 이 세상을 떠돌고 있지 않은가. 만약 그랬다면 양심적인 교육자인 나의 아버지는 충격을 받아 아파트 10층에서 떨어져 내렸을지도 모른다. 그래서 여전히 나는 그 어이없는 인격 모독을 당해야 하지만 사랑하는 나의 아버지를 잃지 않았으니 그 얼마나 다행스러운가 말이다.

나는 얼른 텔레비전을 켰다. '톰과 제리'가 시작될 시간이었다. 우습게도 아버지는 만화를 몹시 좋아했다. 만화를 볼 때면 아이처럼 빠져들어 옆에서 불러도 몰랐다. 만화를 볼 때만은 골치 아픈 현실을 잊을 수 있어 좋다고 했다. 톰과 제리가 슬슬 말썽을 부리기 시작하자 아버지의 얼굴은 금세 밝아졌다. 나는 그런 아버지를 놔둔 채 내 방으로 건너갔다.

침대에 누운 채 『안나 카레리나』를 펼쳐 들었다. 이제 1권은 얼마 남지 않았다. 하지만 아직은 두꺼운 2권이 통째로 남아 있다. 나는 두꺼운 책이 좋았다. 좋아하는 책이 끝날 때면 언제나 허탈했기 때문에 오래오래 읽을 수 있게 책은 두꺼울수록 좋았다.

그런데 카세트 테이프에서 귀에 거슬리는 노래가 흘러나왔다. "새벽종이 울렸네 새아침이 밝았네 우리 모두 일어나⋯⋯" 나는 벌떡 일어나 카세트 라디오를 꺼 버렸다. "가을엔 -가을엔- 떠나지 말아요- 하얀 겨울에 떠나요-" 하는 최백호의 테이프를 듣고 있었는데 어느새 노래가 다 끝나고 마지막에 들어 있는 건전가요가 흘러나온 것이다. 도대체 음반마다 건전가요를 강제로 넣게 한다는 생각은 어떤 돌대가리가 해낸 발상일까? 이렇게 하면 음악을 듣던 사람은 짜증이 나게 되어 있다. 그러면 그 건전가요를 이가 갈리도록 싫어하게 될 거란 생각은 못하는가?

　나는 문득 지현이 생각이 났다. 지현이라면 이런 일을 어떻게 생각할까? 아무리 박 대통령을 존경하고 군인처럼 건전하고 엄격한 아이지만 이런 것까지 용납하는 게 가능할까? 하지만 뜬금없이 그런 질문만 할 수는 없어서 나는 재봉 시간 준비물을 알아본다는 핑계로 그 애한테 전화를 걸었다.

　"응. 포플린 천 두 마하고 초오크랑 시침핀이랑 줄자야."

　역시 지현이는 전화 받는 그 자리에서 즉각 준비물을 읊었다.

　"그래? 고마워. 근데 지현아. 한 가지 물어볼 게 있는데, 왜 노래 테이프마다 '새마을 노래'나 '뛰뛰빵빵' 같은 건전가요가 하나씩 들어 있잖아? 그 노래 들을 때마다 넌 어떤 기분이 드니?"

　"어떤 기분은 무슨 어떤 기분이 들어? 그냥 짜증나서 라디오를 확 부숴 버리고 싶지."

　"진짜? 너두? 난 너는 안 그럴 줄 알았는데."

　"하여튼 바보 같은 놈들이지 뭐야? 그런 놈들 데리고 이 나라를 다스리려니 박정희 대통령께서 얼마나 힘드실지 한숨이 나온다니까."

　역시 지현이었다. '그 바보들 대장이 그 사람은 아니구?' 그런 말이 꼴딱꼴딱 넘어오려는 것을 간신히 삼키고 나는 다정한 인사와 함께 전화를 끊었다. 역시 지현이다. 지현이는 아직도 나를 실망시키지 않는다!

5

어느새 버드나무는 무성해져 연둣빛 송충이를 비처럼 후드득 떨어뜨리고 있다. 열린 창으로 송충이 한 마리가 기어들어와 창 옆 선반 위를 꾸물꾸물 기어간다. 나는 가만히 송충이를 들여다보았다. 온몸에 돋은 보송보송한 털이 귀엽게 느껴졌다. 어리디어린 것이 폼을 딱 잡고, 나 무서운 놈이란 말이야! 하고 위세를 떠는 듯 그 모습이 사랑스러웠다. 그러고 보니 내가 지금 송충이를 귀엽다고 하고 있는가? 벌레라면 누구보다도 기겁을 하던 내가? 그랬다. 어느새 나는 지현이의 눈으로 송충이를 보고 있었다. 지현이의 눈으로 보면 징그러운 벌레란 없었다. 그래도 물론 아직 바퀴벌레는 끔찍하지만.

내 옆자리는 지금 비어 있다. 지현이를 못 본 지 며칠이 되었다. 교련 시범 대회인지 뭔지가 열린다고 반마다 향도와 기수로 뽑힌 키 큰 아이들과 호국단의 중요 간부들이 여의도의 5.16 광장에서 훈련을 받고 있었다. 남자들과 똑같은 교련복까지 맞춰 입고 사열을 한다고 했다. 우리 반에서는 당연히 호국단장인 지현이가 나갔고, 탤런트 지망생이라 자외선을 가장 두려워하는 정희가 큰 키 탓에 안타깝게도 뽑혀 나갔다. 지현이는 물론 잘하고 있을 것이다. 전국의 내로라하는 학도호국단 간부들이 다 모였어도 지현이는 그중에서도 가장 눈에 띄는 빛나는 존재이리라.

　점심시간이 끝날 무렵이었다. 언제나 그랬듯이 시끌벅적하던 교실이 갑자기 일순에 고요해졌다. 책을 읽고 있던 나는, 학생과장 선생이라도 뒷문으로 들어온 건가 싶어 고개를 돌려 보았다. 거기 지현이가 서 있었다. 검은 베레모에 얼룩무늬 교련복을 입고 나타난 지현이를 본 순간 교실 전체가 한순간 말을 잃은 것이었다. 나 역시 그랬다. 심장은 떨리는 게 아니라 아예 멎어 버린 듯했다. 물론 아주 짧은 순간의 침묵이었다. 아이들은 금세 정신을 차리고 휘파람을 불고 박수를 쳐 댔다.

　선크림을 떡칠하듯 바르고 나간 정희는 얼굴이 별로 타지 않았지만 맨얼굴 그대로 나간 게 분명한 지현이는 그 며칠 새 검게 그을려 있었다. 그런데 그 거무스레해진 얼굴이 검은 베레모와 얼룩무늬 교련복과 환상적으로 어울려 지현이만이 가진 그 중성적인 아름다움을 더욱 매혹적으로 만들고 있었다. 같은 여자로서 아름다운 친구를 보면 질투를 해야 할 텐데 우리 중의 누구도 감히 그 애를 질투하지 못했다. 지현이는 부정할 수 없을 만큼 아름다웠다. 그것은 눈, 코, 입을 떼어내 묘사할 수 있는 아름다움이 아니었다. 그 모든 것이 단정하고 잘생겼지만 그렇게 친다면 더 잘생긴 아이들이 없는 것도 아니었다. 알 수 없는 무엇, 흔들리지 않는 고요한 무엇이 그 애의 중심에는 있었다. 그것에서 우리 여자애들은 무언가 의지하고 싶은 남성을 느끼는 것일까?

어쩌면 나는 그 반대 지점에 있는지도 몰랐다. 내 짝이 된 친구들은 가끔 그런 말을 하곤 했다. 네 옆에 있으면 어쩐지 내가 남자가 된 것 같아. 중학교 때는 반 아이들이 서로 내 남편이라고 주장하는 장난을 치곤 했다. 여러 번 그런 말을 듣다 보니 내 스스로도 이상한 기분이 들 때가 있었다. 내 속에는 어떤 흔들림이 있는 것일까. 그 불안한 흔들림이 같은 여자들까지도 자신을 남자처럼 느끼게 하는 것일까.

여자답다, 청순한 여학생의 전형이다, 이런 말을 나는 수없이 듣고 자랐다. 그 말이 나는 듣기 싫었다. 그 울타리를 벗어나고 싶어서 끊임없이 노력했다. 스포츠와 정치를 좋아하려고 애썼고, 수학과 과학을 잘하려고 애썼다. 무언가 여자답지 않은 것들, 여학생들이 잘 못하는 것을 잘하고 싶었다. 그중에는 체육도 끼어 있었지만 그것만은 노력으로 되지 않았다.

지현이를 처음 본 날이 떠오른다. 1학년 체력장 날이었다. 나는 체력장 종목을 거의 다 잘하지 못했지만 그중에서도 수류탄 던지기는 학교 전체에서도 가장 못하는 축에 들었다. 중학교 때부터 나는 수류탄 던지기의 공포에 질려 있었다. 이것이 진짜 수류탄이라면 나는 우리 부대원들을 전멸시킬 군인이었다. 아무리 애를 쓰고 던져도 수류탄은 언제나 내 앞에 꽂혔다. 25미터가 만점인데,

내 최고 기록은 5미터였다. 체육 선생은 그런 나를 보고 기가 막혀 웃었다. 뜀틀 넘기를 할 때마다 뜀틀 앞에 가서 서 버리는 나를 볼 때도 야단을 쳤지 웃지는 않았던 그 남자가 말이다.

그날 나는 수류탄 던지기를 할 생각으로 몸이 졸아든 채 줄을 지어 기다리고 있었다. 그런데 저 앞을 보니 웬 키가 큰 아이가 둥글게 그려진 원 안으로 들어가더니, 내가 이 세상에서 본 가장 멋진 폼으로 우아하고도 힘 있게 수류탄을 던지는 것이었다.

"35미터! 최고 기록이야!"

체육 선생님의 환성이 들려왔지만 그 애는 웃지도 않은 채, 시시하기 짝이 없는 일이라도 해치운 듯한 모습으로 터덜터덜 돌아나오는 것이었다. 그때 나는 저것이 진짜 수류탄이라고 해도 좋을 것만 같았다. 저것이 떨어진 곳에 폭발이 일어나 그곳에 있던 사람들이 죽어도 상관없을 듯싶었다. 그것이 적군이건 아군이건, 아니, 내가 그 자리에 있었더라도 좋았다. 아직은 학도호국단장도 아니었고, 우리 반도 아니었던 지현이였지만 수류탄을 던지던 그 애의 첫 모습은 지울 수 없을 만큼 강렬하고 아름다웠다.

너무 아름다운 것은 치명적이다. 도가 지나치게 매혹적인 것은 범죄행위다. 그러므로 성학여고 학도호국단장 전지현은 범죄자다. 그런 애는 잡아 가둬 버려야 한다. 여느 때와 마찬가지로 내 옆 자리에 털썩 앉는 그 아이의 옆에서 나는 심장이 오그라드는 고통에 젖으며 그런 생각을 했다. 어쩌면 나는 그날 그 순간부터 저 애의 매력에 저항하기 위해 혼자 분투를 해 온 것인지도 몰랐다. 거기다 이 아이는 자기 자신의 매혹과 아름다움을 전혀 의식하지 못했다. 평범한 것보다 조금 나은 외모를 가진 나조차 내 자신의 아름다움을, 그 사소한 아름다움을 잘도 자각하고 있는데 말이다. 그 무심함이 나를 미치게 했다. 다른 아이들처럼 티를 내고 좋아할 수 있다면 나으려나? 그러나 나는 혀를 깨물고 죽으면 죽었지, 그럴 수 없는 내 자신을 잘 알고 있었다. 이것도 여자다움인가? 아니다. 이것은 자존심이다. 이 아이가 저 무수한 추종자들의 하나로 나를 인식하는 것을 나는 참을 수가 없기에 이렇게 스스로와 싸워야 하는 것이다.

"잘 있었니? 오랜만이야."

지현이는 나를 툭 치며 말했다. 나는 화들짝 놀라고 만다. 며칠 만에 등교하는 짝에게 먼저 인사를 건넸어야 하는 건 나였어야 했다. 그게 자연스러웠으리라. 그런데 나는 얼굴조차 돌린 채 내 옆자리에 앉는 그 애를 쳐다보지도 않고 있었다. 부자연스러웠다. 누가 내 마음을 알아챘을까 봐 겁이 덜컥 났다.

"아, 왔니? 고생 많았지? 사열은 잘했어?"

나는 마치 그제야 그 애를 발견한 듯 시치미를 뗀다.

"그럼. 우리 학교가 제일 잘했어. 내일 조회 때 우승 깃발을 받을 거야."

앞자리의 은호와 미숙이가 입을 모아 외친다.

"지현아, 너, 교련복 입으니까 너무 근사하다. 진짜 멋있어!"

쟤네들은 바보같이 지현이가 가장 싫어하는 말을 한다. 아, 세상에는 왜 이렇게 바보들이 우글거리는지 모르겠다. 지현이는 역시 아무 말 없이 입만 꾹 다문다. 그 애들의 말이 마음에 안 드는 것이다. 지현이가 남자라면 좋겠다. 나는 진심으로 그런 생각을 한다. 얘가 남자라면 얼마나 좋을까? 지현이가 어느 날 아침에 갑자기 남자로 변해 나타난다 하더라도 나는 조금도 놀라지 않으리라. 엄마의 여고 시절 동창 중에도 그런 사람이 있었다고 했다. 학교 다닐 때 꼭 남자 같은 애가 있었는데, 나중에 동창회에 나왔는데 진짜 남자가 되어 있었다는 것이다. 하지만 지현이는 전혀 남자 같지 않다. 얘는 여자로도 너무나 멋진 아이다. 따라다니는 남자애들이 벌떼 같다는 것만으로도 그 증거가 아닌가?

모르겠다. 나는 혼란스럽기만 하다. 남자 교련복을 입은 지현이 옆에서 나는 도무지 주체를 하지 못하겠다. 자꾸만 몸이 떨리고, 잘못해서 그 애의 몸에 닿을까 봐 온몸의 솜털까지 곤두세우고 있다. 지금이 마치 제식훈련 중인 것만 같다. 이것이 다 저 독재자 박정희 탓이다. 그가 장기 집권을 위해 유신헌법을 제정하지만 않았어도, 그래서 갑자기 학생회를 해체하고, 4.19 후에 없어진 학도호국단을 다시 살려 놓지만 않았어도, 지현이가 좀 매력적이기는 해도 이렇게 남자 교련복을 입고 나를 정신없게 만들 정도의 멋진 모습으로 나타날 일은 없었을 것이 아닌가? 아무래도 오늘은 조퇴를 해야만 하겠다. 도무지 몸이 떨리고 어지러워 견딜 수가 없다.

그때였다.

"명혜야, 너, 어디 아프니? 열이 나는 것 같애."

그러면서 지현이가 내 어깨를 감싸안았다.

"안되겠다. 부들부들 떨고 있어. 양호실에 가자. 내가 데려다줄게."

나는 입을 열 수조차 없었다. 큰 키의 지현이가 나를 안다시피 부축해서 데려가는 대로 나는 이끌려 갔다. 내 몸은 끝없이 부들부들 떨리고 있었다. 그것은 내 몸을 감싸는 황홀감에 대한 나의 마지막 저항의 몸부림이었다.

지현이의 팔에 안겨 양호실로 가는 내 뒷모습에 친구들의 눈길이 표창처럼 타닥타닥 꽂혀 오는 게 느껴졌다. 이 기분이 좋은 것인가, 나쁜 것인가? 나는 어지럽고 혼미할 뿐이다. 이 세상에서 내가 가장 싫어하는 것, 바퀴벌레와 교련 사열, 거기에 나는 저 독재자 박정희를 더 첨가해야만 하겠다. 도대체 이런 상황에 나를 처하게 만들다니, 이 모든 것은 다 그 사람 때문이다!

나는 어이가 없어 말문이 막혔다. 공부에 지쳐 집에 돌아온 대한민국 고3 중에 자기가 그 집 아들인지 아닌지 집에서 다시 시험을 쳐야 하는 사람 있으면 어디 한번 나와 보라고 해라!

나는 머릿속에 고압 전류가 흘러 금방이라도 폭발할 것 같았다. 그 녀석 역시 나와 똑같이 씩씩대고 있었는데 그 모습이 어찌나 '나' 다운지 저절로 혀가 내둘러졌다.

폭풍의 날

인생의 모든 폭풍은 폭풍 전야의 고요함을 알 품듯 품고 있다. 내 인생에 폭풍이 몰려온 그날도 그랬다.

다른 날들과 하나도 다르지 않은 날, 똑같은 판으로 계속 찍어 낸 것처럼 널릴 대로 널려 있는 날, 그날도 그런 흔하디흔한 날 중의 하나였다.

꼭두새벽부터 아침 자습하러 학교로 달려가 오전 두 시간은 매점에 가서 컵라면 먹을 기대로 버티고, 나머지 두 시간은 점심 급식 먹을 생각으로 참아 내고, 오후의 나른한 시간은 오로지 수면과의 전쟁으로 싸우고, 그러면서도 쉬는 시간이면 눈 부릅뜨고 참고서를 뒤적이는 그날이 그날인 하루.

그러다 고3에게만 지급되는 저녁 급식을 허겁지겁 해치우고, 어두워지는 창밖을 바라보며 야간 자율학습을 간신히 견뎌 낸 뒤 다시금 입시학원의 수학 단과반을 듣고, 잠깐의 수면을 취하기 위해 '집에 들르러' 가는 판에 박힌 일과. 고인 물처럼 조용히 부패되어 가는, 폭풍 같은 삶과는 조금도 닮지 않은 그런 하루.

그러나 초인종 소리에 문을 열어 준 어머니의 눈동자가 순식간에 고양이처럼 커졌을 때, 그때부터 그날은 폭풍의 날이 되었고, 내 인생은 그 폭풍에 휘말려 들고 말았다.

"어머나!"

이것이 공부에 지쳐 돌아온 아들을 본 어머니의 반응이었다. 이 아줌마가 오늘 뭘 잘못 잡쉈나, 속으로만 중얼거리며 현관에 발을 들여놓는데, 어머니가 내 가슴을 팔로 밀어내며 이렇게 묻는 것이었다.

"누, 누구세요?"

"아, 왜 이래요? 지금 나, 장난칠 기분 아니란 말예요. 피곤해 죽겠는데."

하마터면 친구들 앞에서만 내뱉던 '쓰벌'이란 후렴구가 딸려 나올 뻔했다. 그러자 어머니는 강도라도 만난 듯 공포에 질린 얼굴이 되어 내 방을 향해 소리쳤다.

"양호야, 이리 좀 나와 봐! 얼른!"

나는 어이가 없어 어머니를 빤히 바라보았다.

그러나 다음 순간 나는 내 눈을 믿을 수가 없었다.

"왜요? 무슨 일인데?"

짜증이 덕지덕지 묻어 있는 내 어조를 그대로 빼어 박은 말소리가 들리더니 그 자리에 나타난 것은? 믿을 수 있는가?

거기 있는 것은 바로 나, 장양호였다!

내 턱은 저절로 벌어져 다물어질 줄을 몰랐다. 그 녀석 역시 나를 보며 똑같이 놀란 표정을 지었다. 교복과 추리닝이라는 옷차림의 차이가 없었다면 거울을 세워 놓았다고 해도 믿을 판이었다.

마침 그때 열린 현관문 안으로 만취한 아버지가 들어섰다. 나와 그 녀석을 돌아보며 어쩔 줄 몰라 하던 어머니는 재빨리 아버지의 품으로 달려들었다.

"여, 여보! 얼른 좀 들어와 봐요!"

아버지를 보자 나는 어찌나 반가운지 코끝이 시큰해졌다. 이것이 무슨 자다가 홍두깨를 맞는 상황인지는 몰라도 아버지라면 적어도 같은 수컷으로서 진짜 아들을 가려내 줄 테니 말이다.

나는 철들고는 처음인 간절한 어조로 아버지를 불렀다.

"아버지!"

그러나 그 정체 모를 '나' 역시 똑같이 아버지를, 그것도 똑같은 타이밍에, 똑같은 어조로 불러 댄 것이다. 아버지의 눈도 휘둥 그레졌다. 하지만 술은 역시 힘이 세다. 아버지는 금세 눈이 풀어지며 다정한 눈길로 어머니를 바라보며 물었다.

"우리 양호가 쌍둥이였던가. 하하, 취하니까 아들이 쌍둥인 것도 잊어버렸어."

"이이가, 정말! 당신까지 왜 이래요? 양호가 쌍둥이는 무슨 쌍둥이예요? 갑자기 양호랑 똑같은 애가 나타나서……. 도대체 이게 무슨 일인지 모르겠어요!"

나는 더 이상 참을 수가 없었다.

"엄마, 지금 무슨 말을 하는 거야? 내가 양호지, 누가 양호란 말이야?"

내 입에서는 중학교 때까지만 쓰던 '엄마' 라는 호칭이 반말과 함께 툭 튀어나왔다. 어머니의 눈빛이 그 순간 굳건한 경계에서 흔들리는 의심으로 바뀌는 걸 나는 놓치지 않았다.

그러나 괴물딱지 같은 그 녀석이 재빨리 끼어들었다.

"어머니, 그딴 녀석 말을 왜 들어요? 내, 참! 도대체 넌 누구야?"

그제야 아버지도 사태의 심각성을 깨달았는지 어머니에게 물었다.

"그러니까 갑자기 우리 아들이 둘이 되었단 말이지?"

"둘은 무슨 둘이에요? 하나는 가짜인 거지."

그러면서 어머니는 녀석의 눈치를 보았다. 그 녀석을 잠깐이라도 의심한 것이 마음에 걸린 표정이었다. 스스로도 당혹스러운지 어머니는 머리를 휘저으며 말했다.

"아, 몰라요! 당신이 어떻게 좀 해 봐요!"

그때였다. 그 녀석이 갑자기 나를 향해 버럭 소리를 질렀다.

"야, 내 말 안 들려? 도대체 넌 누구냐고? 어디서 이딴 개뼈다귀 같은 게 굴러 들어와서 이 야단이야?"

누가 할 소리를! 나는 울화가 치밀어 당장 그 자식에게 달려들어 멱살을 잡았다.

어머니가 비명을 질렀다. 하지만 만취한 아버지의 손길이 더 빨랐다. 아버지는 "이 자식들이!" 하면서 우리를 떼어 놓았는데 아버지가 화났을 때 내는 목소리는 평소에도 나를 움츠러들게 하는 것이었다. 그 녀석 역시 나와 똑같은 반응을 보여 당장에 뱀 본 개구리처럼 얌전해졌다. 결국 아버지는 우리 둘을 무릎 꿇어앉히더니 상상도 못한 황당한 말을 꺼냈다.

"자, 이제부터 너희들 중 누가 진짜 내 아들인지 알아내는 시험을 치겠다!"

나는 어이가 없어 말문이 막혔다. 공부에 지쳐 집에 돌아온 대한민국 고3 중에 자기가 그 집 아들인지 아닌지 집에서 다시 시험을 쳐야 하는 사람 있으면 어디 한번 나와 보라고 해라!

나는 머릿속에 고압전류가 흘러 금방이라도 폭발할 것 같았다. 그 녀석 역시 나와 똑같이 씩씩대고 있었는데 그 모습이 어찌나 '나' 다운지 저절로 혀가 내둘러졌다.

대체 저 괴물딱지 같은 놈은 누구지? 나는 속이 답답해 심장이 숯덩이, 탄소, 아니 그보다 더 큰 압력에 의해 다이아몬드로 변해 버릴 지경이었다. 아버지는 아주 엄숙한 모습이었지만 그것이야 말로 아직 취해 있다는 증거였다. 취하지 않고서야 어떻게 자기 아들을 시험 문제를 내서 고르겠다는 발상을 할 수 있냐 말이다.

"자, 첫 번째 질문이다. 내 이름자가 무엇이냐?"

나는 피식 웃음이 나왔다. 어렸을 때부터 아버지는 그런 질문으로 나를 훈련시켰다.

"예, 윤자, 혁자를 쓰십니다."

"예, 윤자, 혁자를 쓰십니다."

그 녀석의 입에서도 심드렁한 것까지 똑같은 목소리가 동시에 흘러나왔다.

"허, 이거야 몸 풀기고…… 자, 두 번째 질문! 너희가, 아니, 우리 양호가 짝사랑하는 여자애가 누구냐?"

나는 질세라 총알처럼 대답했다.

"희진이."

“희진이.”

그러나 그 녀석 대답 역시 총알처럼 빨랐다. 나는 깜짝 놀라 그 녀석을 멍하니 바라보았다. 내가 집에서 늘 희진이, 희진이, 하면서 노래를 하고 다니는 바람에 온 식구가 그 이름을 알고 있긴 했지만 친구들 앞에서는 한 번도 털어놓은 적이 없는 이름이었다. 도대체 이 괴물딱지가 어떻게 희진이를 아는 거지? 도대체 이 자식은 누구이기에 이렇게 내 허물을 똑같이 뒤집어쓰고 내 모든 걸 아는 거지? 지금 내가 악몽을 꾸고 있나?

“그렇다면 우리 양호의 몸 어디에 삼각형 점이 있지?”

“왼쪽 엉덩이 가운데!”

“왼쪽 엉덩이 가운데!”

아버지의 얼굴에 초조한 빛이 떠오르기 시작했다. 아버지가 마신 술이 서서히 증발되어 가고 있었다.

“양호가 어릴 때 길렀던 강아지 이름은?”

“그랜쩌!”

“그랜쩌!”

내 과거사까지 알다니! 내가 다섯 살 땐가 옆집 아저씨의 그랜저 차를 너무 부러워해서 개 이름을 그렇게 지었다고 했다. 아이의 혀 짧은 발음이라 ‘그랜저’가 ‘그랜쩌’가 되고 말았지만.

이젠 아버지도 당혹감을 감추지 못했다. 술이 확 깬 듯 아버지의 얼굴이 심각해졌다.

"양호가 가장 좋아하는 음식은?"

"해물 스파게티!"

"해물 스파게티!"

"우리 양호 발 사이즈는?"

"275밀리."

"275밀리."

"양호 키는?"

"179센티."

"179센티."

아버지의 질문은 그런 식으로 열 몇 개가 이어졌지만 우리의 대답은 한 입에서 나오듯 매번 똑같이 터져 나왔다. 내가 나도 모르게 세포 분열을 일으켜 똑같은 복제 인간을 만들기라도 한 건가?

그때였다. 옆에서 가만히 지켜만 보던 어머니가 슬며시 끼어들었다.

"작년 10월에 친 모의고사 수학 점수가 몇 점이었지?"

어머니다운 질문이라고 생각하며 대답을 하려는데, 갑자기 점수가 또렷하게 떠오르지 않았다. 수학이야 언제나 점수가 안 좋았지만 그 모의고사 점수는 평소보다 훨씬 더 형편이 없었다. 어머니가 한숨을 푹푹 쉬었던 기억은 나는데 정확히 몇 점이었는지는 헷갈렸다. 58점이었나, 56점이었나? 그 녀석도 나처럼 고민 중인지 대답이 없었다. 나는 선수를 빼앗길 수 없다는 마음에 일단 대답부터 했다.

"58점."

처음으로 내가 먼저 한 대답이었다. 그러자 그 녀석의 얼굴에 스멀스멀 미소가 피어올랐다. 그 미소를 보자마자 나는 기분이 팍 나빠지면서, 당했다는 생각이 들었다. 그 녀석은 기다렸던 것이다, 내가 먼저 대답하기를. 내가 틀릴 것까지 확신하고.

아주 여유 있게, 그 녀석은 차분한 목소리로 대답했다.

"52점, 어머니가 걱정 많이 했잖아요? 수학 점수가 이래서 어떡하냐고."

어머니의 어둡던 눈빛이 단박에 환해졌다. 그 녀석을 바라보는 그 눈빛에는 한없는 신뢰의 감정이 더해졌다. 아버지가 그런 어머니를 보며 물었다.

"누가 맞아?"

"누군 누구예요? 우리 양호가 맞지."

'우리 양호'는 말할 것도 없이 그 녀석을 가리켰다. 나는 억울해서 항변을 했다.

"시험 점수야 좀 틀리게 기억할 수도 있지. 그거 맞혔다고 진짜 아들이에요?"

하지만 이미 나를 바라보는 어머니의 시선은 싸늘해져 있었다.

"너는 틀렸지만 우리 아들은 맞았잖니? 참, 어떻게 이렇게 우리 양호랑 똑같이 생겼는지는 모르겠다만 얼른 우리 집에서 나가 주렴. 살다 보니 정말 별일이 다 있구나."

나는 자리에서 벌떡 일어나 그대로 말 한마디 없이 집을 나왔다. 그들 세 사람의 눈길이 내 등에 꽂히는 게 느껴졌지만 입을 여는 사람은 없었다. 어제까지, 아니, 오늘 아침까지도 절대적으로 믿었던 내 식구, 내 피붙이, 내 부모가 그들이라는 게 믿어지지 않았다. 그들은 너무나 낯설고 먼 타인이었다. 그 이상한 괴물딱지 같은 녀석에 대한 증오보다도 나를 낳고 길러 준 친어머니와 친아버지에 대한 배신감 때문에 나는 온몸이 덜덜 떨렸다.

이미 자정에 가까운 시각이었다. 5월의 밤은 춥지는 않았지만 그렇다고 길에서 밤을 새울 수는 없었다. 나는 일단 놀이터 벤치로 가서 앉았다. 배신감으로 떨리던 몸은 밖으로 나오자 거짓말처럼 가라앉았다. 뭐가 실감이 나야 그런 감정도 느끼지, 이거야, 꼭 무슨 여우한테 홀린 것만 같아서 속만 답답하고 울렁거렸다. 아무리 머리를 굴려도 납득이 안 가는 일은 사람을 미치게 한다. 물론 나는 이런 어처구니없는 일이 계속될 거라곤 생각하지 않았다. 이건 그냥 말도 안 되는 악몽의 사건일 뿐이다. 뭐가 어떻게 된 건지는 몰라도 시간이 가면 반드시 해결된다.

그러나 당장 오늘 밤은 어디서 보낸담? 이 밤중에 비상금이라고는 달랑 만 원짜리 한 장 있는 고삐리가 갈 곳이라면 PC방이나 만화방, 찜질방뿐이다. 그러나 그 만 원을 써 버리면 그다음은? 비로소 위기감이 현실로 다가왔다. 이 일이 해결되거나 다른 돈이 생길 때까진 무슨 일이 있어도 이 돈은 지켜야 한다. 나는 그 푸른 지폐 한 장이 생명줄처럼 느껴졌다.

하나하나 갈 만한 곳들을 궁리해 보았다. 해남에 사는 외할머니, 부산에 사는 삼촌이랑 고모들, 천안에 사는 큰 이모…… 어디든 갈 차비도 없고, 가 봤자 집으로 연락하면 그 길로 나는 쫓겨난다. 친구도 없지는 않지만 그 애들은 지금쯤 학원에서 돌아와 밤참을 마구 집어 먹고, 뻗어 있을 게 뻔했다. 거기다 오밤중에 찾아온 자식 친구를 반겨 주는 부모란 이 세상에 없다. 당장 우리 집으로 전화를 걸 게 분명하고, 그러면 또 우리 부모는 자기 친자식을 이상한 놈이라며 쫓아내라고 하겠지.

어디선가 아카시아 향내가 풍겨왔다. 뒷산 쪽에서 밤바람을 타고 흘러왔을 그 향기를 맡고 있자니 세상은 아무 탈 없이 잘 굴러가고 있는 것만 같았다. 나 혼자만 처량했다.

그때 문득 민구가 떠올랐다. 친구 중에 자취하는 아이라곤 그 애밖에 없었다. 거기다 민구는 다른 아이들하고는 완전히 다른 정신세계를 가진 애였다. 늘 UFO나 우주, 심령세계에 대한 책만 끼고 다니고, 현실세계와는 담을 쌓고 살았다. 이런 이상한 일을 털어놓고 얘기할 수 있는 사람은 사실 민구 말고는 없기도 했다. 됐다! 갈 데가 생겼다!

마음을 꽤나 졸였던지, 나도 모르게 긴 한숨이 새어 나왔다.

민구가 세 들어 사는 방은 아파트 건너편의 원주민 동네에 있었다. 예전에는 괜찮은 집이었는지 몰라도 지금은 낡아서 폐가처럼 보이는 집이었다. 2층 슬라브 주택의 옆구리에 나중에 덧붙여 지은 작은 방이 민구의 방이었다. 다행히 방에는 불이 켜져 있었다. 이 시간에 잘 녀석이 아니긴 했지만 그래도 불이 꺼져 있으면 좀 미안했을 거다.

"민구야!"

나는 창문을 톡톡 두드리며 민구를 불렀다. 금세 드르륵 소리를 내며 창문이 열리고 민구가 멍한 눈길로 나를 바라보았다. 무얼 연구하고 있었는지 민구의 눈빛은 어딘가 다른 세상을 헤매다 온 것 같았다. 내가 한밤중에 왜 갑자기 찾아왔는지에 대해선 아무 관심도 없어 보였다.

"집에서 쫓겨났어. 나 좀 재워 주라."

할 수 없이 내가 먼저 그렇게 말하자 민구는 역시 말 한마디 없이 문을 열어 주고는 얼른 컴퓨터 앞으로 돌아갔다. 정말 민구다웠다. 하지만 나는 민구를 잡아당겨 내 앞에 앉혔다.

"야, 넌 친구가 집에서 쫓겨났다는데 왜 그랬는지 궁금하지도 않냐?"

"이유가 있어서 쫓겨났겠지, 뭐. 무슨 이유야?"

"참, 누가 들으면 날 미쳤다고 할 거다."

"무슨 이유냐니까?"

"글쎄, 학교 끝나고 집에 갔더니 우리 집에 나하고 똑같은 녀석이 있는 거야."

민구는 조금도 놀라는 표정이 아니었다.

"그래서?"

침착하게 묻는 그 애의 말에 내가 오히려 말을 더듬었다.

"그, 그래서? 그래, 그래서 말이야…… 우리 부모도 헷갈려서 누가 진짜인지 테스트를 하겠다고 질문을 해 대는데……"

"넌 숫자를 대는 정교한 질문에 그 녀석한테 지고 말았다 그거지?"

이번에는 내가 놀라고 말았다. 아무리 민구지만 이렇게까지 말할 줄은 정말 몰랐다.

"아, 아니, 그걸 어떻게 알아? 맞아, 정말 그랬어. 우리 엄마가 2학년 때 친 모의고사 수학 점수를 물었는데 몇 점 차이이긴 하지만 내 기억이 틀렸거든. 그 녀석은 맞고."

그러자 민구는 나를 경악시킬 말을 아무렇지도 않게 뱉었다.

"그건 바퀴가 너로 변신한 거야."

"뭐라구?"

"너도 왜, 쥐가 주인의 손톱을 먹고 똑같이 변신해서 주인을 쫓아낸 얘기는 들어 본 적이 있지?"

"비슷한 얘기를 들은 것 같긴 한데 정확히는 모르겠다. 어떤 얘기였지?"

"옛날에 서첨지란 영감이 살았는데, 손톱을 깎을 때면 쥐 한 마리가 눈을 반짝이며 보는 게 재미있어서 늘 깎은 손톱을 던져 줬던 거야. 그 쥐는 손톱을 날름날름 받아먹었고……. 그런데 하루는 변소에 갔다 오니 자기랑 똑같은 놈이 방 안에 앉아 자기 행세를 하고 있더라는 거지. 그래서 둘이 서로 자기가 진짜라고 싸우니까 가족들도 우왕좌왕하다가 진짜를 가리기 위해 이것저것 물어봐. 그런데 그 물어본다는 게 집 안에 있는 호미가 몇 개냐, 고추장 항아리가 몇 개고, 된장 항아리가 몇 개냐, 그런 거였어.

그런 거야 서첨지는 알 리가 없으니 꿀 먹은 벙어리가 되었고, 쥐는 청산유수로 대답을 하지. 그렇게 서첨지는 제 집에서 쫓겨나서 거지 노릇을 하며 돌아다니다가 견디다 못해 제 목숨을 끊으려고 암자를 찾아갔는데 거기 스님의 충고로 고양이 한 마리를 데리고 집으로 돌아가. 이 고양이가 가짜 서첨지를 무니까 가짜는 다시 쥐로 변하고, 서첩지는 그동안 남편과 아비도 몰라본 가족들에게 호통을 친다는 얘기야. 어때? 지금의 네 경우랑 아주 흡사하지 않아?"

"에이씨, 그거야 옛날이야기잖아?"

내 항변에 갑자기 민구는 열을 올리며 설명을 하기 시작했다.

"야, 옛날이야기가 그냥 나온 줄 아냐? 그 사람들한테 무슨 특별한 상상력이 있었는 줄 아냐고? 그게 아니라니까. 옛날 사람들은 손톱이나 머리카락 자른 것도 다 모아 뒀다가 보름날 밤에 태웠다구. 왜 그랬겠어? 그런 걸 먹고 쥐들이 변신을 잘 했기 때문에 그런 거야. 그때는 쥐들이 그랬지만 지금은 세상이 바뀌어서 바퀴가 그러는 것뿐이지. 바퀴도 인간의 손톱이나 머리카락에서 유전자를 취해 복제인간이 될 수 있거든. 노숙자들이 저렇게 많아진 것도 바퀴한테 쫓겨나 내몰린 사람들이 섞여서라고. 다들 자기들 집에서만 이상한 일이 일어난 거라고 생각하고 입을 닫아서 안 알려졌을 뿐이지 심심찮게 생겨 온 일이야. 게다가 이런 일을 신고해 봤자 정신병원에나 안 끌려가면 다행이잖아?

그리고 사람들이 본인 판명을 위해서 쓰는 방법이란 게 대개 너희 집이랑 비슷하단 말야. 봉급 액수를 물어본다든가 자기들이 첫 번째 섹스를 한 날짜를 물어본다든가. 인간은 정교한 숫자에 약하거든. 199만 8천5백6십 원이라고 말하는 바퀴와 한 이백만 원쯤이라고 말하는 인간은 경쟁이 안 돼. 봄바람이 향기롭게 불고, 라일락꽃이 피었던 날이라고 기억하는 인간과 2002년 5월 22일 저녁 6시 45분에 섹스를 시작했다고 기억하는 바퀴가 어떻게 상대가 되겠어? 그럴 때 유리한 건 백 프로 바퀴 쪽이야. 바퀴는 뇌에 기록된 모든 사실을 정확하게 기억하지만 인간의 기억이란 주관적인 요소로 인해 왜곡되거나 아예 망각돼 버리는 경우도 대단히 많으니까. 하긴 옛날얘기에서도 된장 항아리가 몇 개인지 물어봐서 쥐를 진짜 남편으로 믿었던 걸 보면 너희 엄마만 뭐랄 수도 없어."

"된장 항아리가 몇 개인지 물어보다니 심했다. 그거야 쥐가 훨씬 잘 알 거 아냐?"

"그러게 말야. 수학 점수를 물어보는 건 그에 비하면 합리적이지."

나는 어느새 민구의 말에 빠져들고 있었다. 민구는 말을 이었다.

"요즘은 아예 바퀴한테 변신을 부탁하는 사람들도 있어. 소리 없이 사라지고 싶지만 책임감 때문에 못 그랬던 사람들한텐 이보다 더 좋은 해결책이 없잖아? 우리 미술 선생님이 바로 그런 자발적 실종자지."

"뭐? 그럼 지금 미술 선생님이 바퀴란 말이야?"

"정확히 말하면 바퀴의 변신체지. 현재 바퀴는 아니잖아?"

언제나 멍한 눈빛으로 창밖을 바라보던 미술 선생님, 삶이 거추장스러운 조끼라도 되는 듯 늘 우울했던 그 모습이 몇 달 전부터 몹시 의욕적이고 건전한 모습으로 변했던 인상이 새삼 떠올랐다. 민구의 말을 들을수록 나는 더욱 정신을 차릴 수가 없었다.

"넌 어떻게 그런 걸 다 알아? 너도 혹시?"

"바퀴냐구? 킥킥, 웃기지 마. 이 방에도 바퀴가 우글거리긴 하지만 바퀴들도 사람을 택해서 변신해. 자기들도 살기 힘들어 그러는 건데 뭐 하러 고생하는 자취생이 되겠냐구."

나는 고개를 끄떡거렸다. 이제 내게 믿을 수 없는 일이란 없었다. 생각해 보라. 어느 날 눈앞에 당신과 똑같이 생긴 사람이 나타나 당신이라고 우긴다면? 그리고 가족들이 지난 모의고사 수학 시험 점수를 정확하게 기억하는 걸로 누가 진짜 당신인지를 판단해 버린다면? 그래서 진짜 당신은 가짜로 몰리고, 가짜인 그 무엇인가가 진짜 행세를 하고 있다면?

그렇다면 당신도 이 세상에 일어날 수 없는 일이란 없다는 것을 깨닫게 되리라. 그리고 무언가에 대해 고개를 끄떡일 수 있는 설명을 듣는 일이 도무지 이해할 수 없는 일을 두고 가슴을 쥐어뜯는 일보다 훨씬 행복하다는 것도.

나는 그만 뭉클한 마음에 민구를 왈칵 껴안고 말았다. 다른 거 다 제치고라도 민구는 내가 장양호라는 것을 믿어 주잖는가? 그러나 민구는 당장 나를 밀쳐내며 말했다.

"왜 이래? 징그럽게!"

그러면서 그 애는 다시 컴퓨터 앞으로 가서 앉았다. 나도 다가가 들여다보니 화면에는 온통 징그러운 바퀴의 사진들이 가득했고, 러시아 말들이 잔뜩 적혀 있었다.

"이게 다 뭐야?"

민구는 화면에서 눈을 떼지 않은 채 대답했다.

"보다시피 바퀴들이지. 바로 너 같은 경우를 연구하는 거야. 이런 일들이 처음으로 밝혀진 것은 이미 50년 전부터였어. 지금의 러시아가 아닌 소비에트 시절의 과학자들이 이 사실을 처음 발견했지. 그 사람들은 아무 걱정 없이 연구만 했기 때문에 이런 사실까지 알아내고 믿을 여유가 있었거든. 그들은 이 사실을 아주 재미있게 생각했어.

생각해 봐. 바퀴의 변신체들을 인간 대신 전쟁에 내보낼 수도 있잖아? 하지만 증명할 길이 없었지. 바퀴의 변신체들은 자기들이 진짜라고 주장했고, 심지어는 그 사실을 알아낸 과학자들마저 바퀴의 변신체한테 밀려나고 말았으니까.

하지만 그들은 끊임없이 연구를 계속했고, 그 기록을 비밀스레 남겨 놓았어. 나는 해킹을 해서 그것을 찾아낸 거지. 하지만 러시아어는 좀 힘들어서 해독하는 데 애를 먹고 있어."

그러고 보니 민구의 책상에는 러시아어 사전이 펼쳐져 있었다.

"러시아어는 언제 또 배웠어?"

내가 놀라 묻자 민구는 태연히 대답했다.

"인터넷 사이트 들어가면 다 있는데, 뭘."

민구가 이상한 천재라는 생각은 하고 있었지만 이 정도일 줄은 몰랐다. 하긴 예전에 민구가 체육 시험을 볼 때 기계 체조를 갑자기 올림픽 선수처럼 해낸 적이 있었다. 모두들 놀라 입을 벌린 채 다물지 못하고, 체육 선생님은 체육 영재라도 만난 것처럼 흥분했지만 민구는 "이것만 잘 하는 거예요. 어젯밤에 유튜브 동영상 보고 익혀서요. 시험 치고 나면 다 까먹어요." 하고 아무렇지도 않게 말했다. 그리고 정말 다음 체육 시간이 되자 보통 때의 운동 신경 없는 민구로 돌아왔다. 미스테리한 녀석, 이 녀석은 분명 외계인이야, 그러면서도 나는 민구가 정말 존경스럽고 든든했다. 민구가 조사한 것만으로도 나는 내 존재를 당당하게 밝힐 수 있을 테니까.

긴장이 풀리자 잠이 쏟아졌다. 엄청나게 피곤한 하루였다.

"난 먼저 자야겠다. 넌 더 있다 잘 거야?"

"응. 거기 있는 방석 베고 자. 난 할 게 많아서……"

민구의 방에 이부자리가 개어져 있는 건 본 적이 없었다. 언제나처럼 바닥에 깔려 있는 이부자리가 어찌나 반가운지 나는 씻지도 않고 곧장 이불 속으로 들어갔다.

그때 옆으로 무언가가 스스슥 빠른 속도로 지나갔다. 보나마나
바퀴일 것이다. 다른 때 같으면 생각보다도 먼저 팔이 뻗어나가
그것을 쳐 죽였을 테지만 나는 이불 속의 팔을 빼지 않은 채 따뜻
한 물에 잠겨들듯 그대로 잠의 늪으로 빠져들었다.

나는 누구언가?

다음 날 아침, 잠에서 깬 나는 습관처럼 교복을 챙겨 입고 가방
을 멨다. 하지만 민구의 물끄러미 바라보는 눈길 앞에 그만 머쓱
해지고 말았다.

"그 녀석한테 당할 게 분명한데 그래도 갈 거야?"

그 말에 어제의 악몽이 밀려왔다. 하지만 그토록 아침마다 가기
싫던 학교가 지금은 내 존재의 이유처럼 간절하게 느껴졌다.

"바퀴 따위한테 맥없이 내 자리를 빼앗길 순 없잖아?"

민구는 내 말에 가타부타 대꾸도 없이 먼저 방문을 열고 나섰
다. 저 녀석은 늘 그랬다. 남의 의견에 토를 다는 법이 없었다. 과
학적 사실이나 논리에 대해선 따지고 들었지만 누군가의 선택이
나 취향에 대해서는 조금도 참견하지 않았다. 하지만 민구를 따라

신발을 꿰어 신던 나는 갑자기 마음이 흔들렸다. 어머니의 싸늘한 눈빛이 앞을 가로막았다. 그 녀석의 뻔뻔스런 얼굴도. 이번엔 학교에서 그 녀석과 맞서야 한다. 친구들과 선생님 앞에서. 혀 밑에서 신물이 배어나왔다. 오늘 또 그 일을 되풀이해 겪을 자신이 없었다. 언젠간 반드시 부딪혀야 할 일일지라도 며칠은 쉬고 싶었다.

나는 문을 열고 밖을 향해 소리쳤다.

"민구야, 너 혼자 가. 나, 오늘은 안 갈래."

민구는 대답없이 내게 등을 돌리고 걸어간다. 저 머릿속에는 오직 바퀴 변신체에 대한 연구만이 행해지고 있겠지. 그런데 막상 말 한마디 없이 등을 돌리고 가는 민구를 보자 다시금 나는 마음이 흔들렸다. 이렇게 주저앉으면 영영 학교에 못 갈지도 모른다. 나는 다급하게 민구를 불러 세웠다.

"민구야! 기다려! 학교 갈래, 나도!"

벗었던 신발을 부랴부랴 꿰어 신고 달려갈 동안에도 민구는 무표정했다. 우리는 말없이 학교로 걸어갔다.

민구의 예상대로였다. 나는 다시 그 녀석에게 패배하고 말았다. 똑같이 생긴 우리 둘을 앞에 놓고 반 친구들이나 선생님은 입을 딱 벌린 채 경악을 금치 못했지만 진짜 장양호를 찾아내기 위해

물어보는 내용은 어젯밤 우리 집이나 거의 흡사했다. 짝이 누구냐, 어제 먹은 저녁 급식 반찬이 뭐였냐, 담임에게 써냈던 지망 학교가 어디였냐, 영어 선생 이름이 뭐냐, 우리 둘은 약속이나 한 듯 똑같은 대답을 합창처럼 했다. 그러다 질문은 또 어제처럼 점수와 성적으로 넘어갔다. 나는 바짝 긴장해서 대답을 해 갔지만 결국 2학년 6월에 친 모의고사 전교 등수를 말하는 데서 또 틀린 답변을 하고 말았다. 지금은 5월이다. 거의 1년 전에 친 모의고사 전교 등수를 어떻게 기억하냐 말이다. 내가 두 자리 수 이하의 등수에 드는 것도 아니고, 시험 점수나 등수에 목을 매는 처지도 아닌데……. 비슷하게 맞힌 것만도 내가 필사적으로 기억해 내려 애쓴 탓이었다. 내 등수는 197등이었고, 내 대답은 195등이었다. 물론 바퀴는 정확한 대답을 했다. 바퀴니까!

그런 소동이 벌어질 동안 민구는 아랑곳하지 않은 채 읽던 책만 들여다보고 있었다. 내 진실을 아는 유일한 사람인 그가 그렇게 모른 척 딴전만 피고 있는 게 야속했지만 민구 같은 애가 편을 들어 봤자 나한테 유리할 게 없다는 것은 누구보다 내가 잘 알았다.

이미 한번 해 본 패배의 되풀이여서일까, 두 번째 패배는 그다지 힘들지 않았다. 이제 나는 그 사실을 납득할 수 있었고, 나를 낳은 부모도 안 믿어 주는 진실을 완전 타인인 친구나 선생님이 알아주리라 기대하지 않았다. 그러나 무엇보다도 민구가 진실을 알고 있다는 사실이, 내가 장양호라는 걸 믿어 주는 친구가 바로 옆에 있다는 사실이 나를 그만큼 덜 고통스럽게 했을 것이다.

운동장은 고요하고 환했다. 1교시에 체육을 하는 반이 없는 모양이었다. 묵묵히 운동장을 질러가던 나는 잠시 걸음을 멈추고 학교 건물을 돌아보았다. 어쩌면 나는 앞으로 죽을 때까지 다시는 저곳에서 공부하지 못할지도 모른다. 가슴 한귀퉁이가 조금 욱신거렸다. 아침에 들어설 때마다 토하고 싶을 정도로 다니기 싫던 곳이었는데.

나는 감상에 젖기 싫어 눈길을 거두고 다시 터벅터벅 걷기 시작했다. 설명하기 힘든 이상한 느낌이 내 몸을 휩쌌다. 분하고, 억울했지만, 그것만이 아닌 다른 감정이 내 몸 어딘가에서 흘러나오고 있었다. 해방감이나 자유로움? 그런 것 같기도 하고 아닌 것 같기도 했다. 솔직히 해방되거나 자유로워졌다는 느낌보다는 쫓겨나고 발길질 당한 느낌이 훨씬 컸다. 그런데도 외롭다기보다는 졸음이 올 것처럼 나른했다.

아르바이트까지 마치고 밤늦게 돌아온 민구는 나를 보자마자 말했다.

"쓸데없는 짓이야. 너만 다쳐. 그러지 말고 가서 용돈이나 뜯도록 해. 네 몫의 생활비만 가져오면 이 방에 얼마든지 있어도 좋아.

그리고 조금만 참고 기다려 봐. 변신체들은 반드시 약점이 있어. 그놈을 다시 바퀴로 돌아가게 만드는 방법을 내가 연구 중이거든."

나는 존경이 가득 담긴 눈길로 민구를 바라보았다. 이제 내게 희망은 민구뿐이었다. 그러나 바퀴한테 가서 용돈을 뜯어 오다니, 그러느니 차라리 죽어 버리지.

"며칠만 기다려 줘. 며칠 내로 이 문제가 해결 안 되면 주유소 알바라도 할게."

내 말에 민구는 말없이 고개만 끄떡였다.

민구가 학교에 가면 나는 그 어둡고 지저분한 방구석에서 종일 뒹굴며 시간을 죽였다. 방에는 작은 창이 달려 있었지만 좁은 골목 사이로 큰 집이 서 있어 빛이 잘 들어오지 않았다. 이부자리와 책상 자리 빼고는 비닐옷장 하나 놓을 공간도 없는 방이었다. 그래서 벽에는 민구의 사철 옷이 다 걸려 있었고, 그 아래에는 조그만 전기밥솥 하나와 우리 집에서는 어디 놀러가서 고기 구워 먹을 때만 쓰는 휴대용 가스버너가 놓여 있었다. 냉장고도, 싱크대도, 텔레비전도 없었다.

방문을 열면 타일이 깔린 좁은 공간이 나오는데 구석에 샤워기와 수도가 달려 있었다. 그러니까 이곳은 현관이며, 욕실이고, 임시 화장실도 된다. 큰 건 어디서 해결하냐는 내 말에 민구는, 학교, 라고 짧게 대답했다. 그럼 휴일엔 어떻게 하냐고 묻고 싶었지만 나는 더 이상 묻지 않았다. 학교에 가지 않는 나는 5분 거리에 있는 도서관의 새로운 용도를 곧 알아냈기 때문이다. 도서관이 쉬는 둘째 넷째 월요일에는 10분 거리의 공원까지 갈 수밖에 없다. 덕택에 하루 한 번은 산책을 한다.

하지만 사람이 살기에 쾌적하다고는 도저히 말할 수 없는 이 공간도 바퀴에겐 낙원이다. 무엇보다 어두워서 좋고, 물 쓰는 곳이 바로 옆이니 습기도 충분하다. 그래서 이 방에는 '그분들'이 시도 때도 없이 출몰한다. 바퀴는 하룻밤에 고손자까지 깐다고 했던가, 바퀴 한 마리가 보이면 적어도 일개 소대 병력은 있는 거라고 했던가, 그런 말을 들은 뒤로 나는 바퀴 한 마리만 보여도 신경질적인 반응을 보이며 반드시 박멸하곤 했다. 신문지 같은 게 없으면 번개같이 몸을 던져 손바닥으로 쳐 죽이는 일도 적지 않았다. 오죽하면 어머니가 '우리 집은 에프킬러가 필요 없어. 살아 있는 바퀴 킬러가 있으니까' 라며 혀를 내둘렀을까.

다른 모든 데엔 둔감하다고나 할까, 아니, 둔감하다기보다는 신경줄이 굵다고 해야 하나, 여간해서는 예민하게 반응하지 않는 체질인데 유독 바퀴만은 견딜 수가 없었다. 그런 내가 이렇게 바퀴가 우글대는 방에서 과연 얼마나 버틸 수 있을까? 대체 이 사태를 어떻게 해결해야 하나?

민구의 연구 결과만 넋 놓고 기다릴 수는 없었다. 하지만 나를 낳은 어머니조차 수학 시험 점수로 자기 아들을 골라내는 판에 이 세상 어느 누가 진정한 나를 알아낼 질문을 해 주겠나? 아니, 내가 '나'임을 증명할 수 있는 진정한 질문이란 게 뭘까? 그게 어떤 건지 본인인 나조차 모르겠는걸. 그런 게 있기나 한 걸까?

나는, '이 지겨운 생에 무슨 일이든 일어나라, 일어나라!' 라고 늘 외고 다녔지만 설마 이런 '무슨 일'이 일어날 줄은 상상도 못 했다. 누군가 내 얼굴에 검은 비닐봉투를 콱 뒤집어씌운 것만 같다.

그때였다. 다시금 내 옆구리 쪽을 스윽 지나가는 움직임이 느껴졌다. 생각할 새도 없었다. 나는 습관적인 동작으로 손바닥을 내리쳤다. 물론 그건 바퀴였다. 방바닥에 으깨진 바퀴의 몸뚱이를 가만히 내려다보다 나는 잠시 생각에 잠겼다. 그 바퀴벌레 녀석을 만나서 이렇게 납작하게 쳐 죽여 버릴까. 그 녀석을 죽여 버리고 내가 그 자리에 다시 들어가면 오려 낸 자리에 들어가듯이 나는 거기에 꼭 맞을 텐데! 마치 그런 일이 없었던 것처럼 모든 게 감쪽같을 텐데!

그러나…… 과연 그럴까?

문득 그런 의심이 나를 덮쳤다. 그 녀석을 죽이고 그 녀석을 오려 낸 자리에 내가 쏙 들어가면 그 자리에 나는 그런 듯이 맞을까? 과연 그럴까? 내가 다시 그 자리에 그대로 들어간다 하더라도 그 '나' 가 예전의 '나' 랑 같은 '나' 일까? 바퀴벌레 녀석을 진짜 아들이라고 선택한 부모를 아무렇지도 않게 예전처럼 사랑할 수 있을까? 옛날이야기 속의 서첨지는 자기를 몰아낸 식구들한테 호통을 치고 자기 자리로 복귀했다. 그러나 나도 그럴 수 있을까? 아니, 내 자신부터 '나' 를 의심하지 않을 수 있을까? 내가 '나' 란 것을 나는 무엇으로 믿을 수 있나? 혹시 지금의 '나' 도 바퀴의 변신체는 아닐까? 생각까지 조작해 넣었다면 바퀴가 자신을 '나' 로 여기고 살 수도 있지 않나? 내가 '나' 란 것을 이미 알고 있다 해서 그게 '나' 란 증명은 되지 않는다. 내가 안다고 생각한 기억은 이미 '나' 를 배반하지 않았나? 생각, 기억은 고도의 사기꾼이다. 믿을 수 없다. '나' 를 알고 있다고 믿어 온 가족 또한 '나' 를 알아내지 못했다. 생각에 생각을 거듭할수록 머리만 지끈거려 왔다.

나는 당연하게 '나' 를 '나' 라고 생각하며 살아왔다. 지금까지 살아올 동안, 내가 정말 내가 맞는지 의심해 본 적은 단 한 번도 없었다. 철학적으로 폼 잡는 기분으로 '내가 누구인가' 하는 질문 정도는 던져 봤음 직도 한데 나는 그것조차 한 번도 해 본 적이 없었다.

아아, 생각은 그만두고 일단 그 바퀴 녀석부터 죽여 버려야겠다. 하지만 아무리 바퀴라 하더라도 내 몸뚱이를 가지고 있는 녀석을 죽이는 일이란 쉽지 않다. 그러기 위해서 나는 '살인'할 대담성을 가져야 하는 데다 죽여야 할 대상이 바로 장양호, '나'란 말이다!

아이고야, 나는 머리를 쥐어뜯었다.

그렇게 며칠이 흘러갔다. 어두운 방구석에서 몸부림만 치고 있자니 내가 바퀴로 변해 버릴 것만 같았다. 마침내 더 이상은 견딜 수가 없어 나는 자리에서 일어나 밖으로 나갔다. 나도 모르게 내 발걸음은 학교로 향했다. 녀석을 만나야만 했다.

학교 앞으로 가서 빙빙 돌고 있었지만 야간 자율학습이 끝나려면 멀었다. 딱히 갈 곳도 없어 얼쩡거리고 있는데, 이게 웬일! 저기 텅 빈 운동장을 가로질러 나오는 건 바로 '나', 아니, 그 녀석이었다. 짜식, 땡땡이까지 까네!

나는 몸을 숨긴 채 그 녀석의 뒤를 밟기 시작했다. 녀석은 책가방도 들고 있지 않았다. 여기저기 기웃거리고 다니던 녀석은 핸드폰을 꺼내더니 어디론가 전화를 걸었다. 어라? 새 핸드폰이다. 하긴 내 건 내가 가지고 있으니 잃어버렸다고 하고 새 걸 장만한 게 분명하다. 그리고 보니 그때 핸드폰을 내밀며 내가 나라고 우길 걸 그랬나? 아니다, 안 그러길 잘했다. 그까짓 게 증명도 안 됐겠지만 그랬으면 핸드폰마저 빼앗겼겠지. 갑자기 걱정이 되어 나는 핸드폰을 꺼내 보았다. 안 끊어졌다. 저 녀석이 정지시키는 걸 잊은 모양이다. 지금은 다행이지만 이제 핸드폰도 언제 끊길지 모를 처지가 되었다. 비참하구나, 장양호!

나는 여전히 몸을 숨긴 채 그 녀석을 쫓아갔다. 내가 둘째 넷째 월요일마다 이용하는 바로 그 공원에서 그 녀석은 누군가를 기다렸다.

한참 지나니 멀리서 여학생 모습이 어른거리는 게 보였다. 하마터면 나는 그 자리에서 비명을 지를 뻔했다. 희진이였다. 내가 오래도록 마음에 품고 있으면서도 한번 말도 못 붙여 본 나의 여신, 그녀가 저 바퀴벌레의 호출을 받고 암바퀴처럼 쪼르르 나타나다니!

나는 내 눈을 믿을 수가 없었다. 그러나 따지고 보면 저 바퀴벌레 녀석은 내 모습을 뒤집어쓰고 있으니 희진이는 '나'를 만나러 온 거잖아? 생각이 거기에 미치자 나는 바퀴벌레 녀석이 고맙게까지 여겨졌다. 도대체 저 자식은 어떤 작전을 써서 저 콧대 높은 희진이가 야자까지 팽개치고 나오게 한 걸까.

나는 몸을 숨기느라 그들의 이야기를 들을 수는 없었지만 그들은 벤치에 나란히 앉아 즐겁게 얘기를 나누었다. 희진이의 맑은 웃음소리가 울릴 때마다 나는 심장이 두근거렸다. 그러나 참으로 기묘한 상황이었다. '나'를 보며 웃고 있는 희진이를 보면 가슴이 울렁거렸지만, 그 '내'가, '내'가 아니라 '그 녀석'이란 생각을 하면 또 속이 뒤집혔다. 마침내 '그 녀석'은 희진이의 입술에 입까지 맞추었다! 그 장면을 훔쳐보며 나는 울 수도 웃을 수도 없었다. 그건 희진이가 '나'와 입맞춤을 한 것이면서 동시에 '그 녀석', 바퀴벌레와 입맞춤을 한 것이었으니!

그 녀석이 희진이를 집까지 바래다주고 돌아선 순간, 나는 마침내 그 녀석 앞에 모습을 드러냈다.

"야, 이 더러운 바퀴 새끼야!"

그 녀석은 그러는 나를 물끄러미 바라보았다. 조금도 놀라는 기색이 아니었다.

"내가 바퀴인 걸 알다니 너도 제법이군."

막상 바퀴의 입을 통해 바퀴란 걸 인정하는 말을 듣자 나는 다시 한 번 충격을 받았다. 민구한테 그 말을 들었던 것과는 또 다른 충격이었다.

"너, 진짜 바퀴야?"

"당연하지."

확인사살 같은 그 대답을 듣자 온몸에서 힘이 쫙 빠졌다. 나는 간신히 기운을 내서 물었다.

"대체 왜 이런 짓을 하는 거야? 왜?"

"그야 살려고 하는 짓이지. 나도 이러는 게 좋은 줄 아냐? 바퀴로 살아남기가 어지간히 힘들어야 말이지. 아파트 소독약이 좀 독하냐? 거기다 넌 또 바퀴 킬러였으니 바퀴 몸을 가지고서야 하룬들 마음을 놓을 수가 있어야지. 너, 사는 꼴 보니 하나도 바꾸고 싶지 않았지만 어쩔 수 없이 변신을 감행한 거라구.

그런데 며칠 지내 보니 정말 이건 사는 게 아니다. 하루를 살더라도 사는 것같이 살아야지, 이게 뭐냐? 이건 죽지 못해 사는 거지. 참, 너도 대체 이런 생활을 무슨 재미로 해 온 거냐? 생명의 위협만 없다면 바퀴로 사는 쪽이 백배 낫다!"

"뭐라구?"

"하도 재미가 없어서 저 애를 꼬신 거야. 나야 저런 애한테는 관심도 없어. 나한테 섹시한 건 여자 바퀴뿐이니까. 하지만 희진이, 쟨 괜찮더라. 좀 사귀어 볼까 생각 중이야."

"이 자식이!"

나는 그 녀석에게 달려들었지만 그 녀석의 손아귀에 붙들리고 말았다. 그 녀석은 무심한 태도로 나를 털어내며 말했다.

"네가 짝사랑만 하던 애를 내가 꼬셔 놨는데 나한테 고마워해야 하는 거 아냐?"

그제야 나는 아까부터 궁금했던 것을 물었다.

“대체 희진이를 무슨 수로 꼬신 거야? 쟤 콧대가 장난 아닌데!”

“쟤도 사실 널 좋아하고 있었거든. 넌 차일까 봐 무서워 얘기도 못하고 있었지만 쟨 네 고백을 기다리고 있었어.”

“뭐? 그게 정말이야?”

“너희 인간들은 서로를 조금도 알려고 하지 않아. 그러면서도 서로를 잘 안다고 생각하지. 그래서 우리가 이렇게 쉽게 너희들 속에 끼어들 수 있는 거야. 인간이 바퀴로 변해서 우리 사이에 들어온다면 우린 금세 진짜를 가려낼 수 있어. 우린 서로를 깊이 이해하기 때문에 더듬이 한쪽만 닿아도 진짜를 알 수 있지. 아무리 똑같은 모습을 하고 있어도.

그러나 너희 인간들은 자기가 사랑하는 사람들을 찾아내는데도 눈을 들여다보거나 껴안아 보는 사람조차 없어. 어미가 자식을 찾는데도 말이지. 오직 무엇을 똑바로 기억하는가만 갖고 판단해. 그것도 하찮기 짝이 없는 것들을.

너희들은 서로 사랑한다고 생각하지만 말짱 가짜야. 네가 희진이를 정말로 사랑했다면 걔를 제대로 알려고 애썼어야지. 그랬다면 저 애가 사실은 네 고백을 기다리고 있다는 것도 금세 알아챘을 거야. 인간들은 말이지. 자기가 누구인지도 모르고, 자기가 사랑하는 사람이 누구인지도 몰라. 어제, 내가 좋아한다고 고백했을 때 희진이가 기뻐하던 모습을 네가 봤어야 하는데!”

이 일을 기뻐해야 하나? 슬퍼해야 하나? 하지만 희진이가 나를 좋아했다는 사실만은 그 와중에도 감격스러웠다. 혼란스러움 중에도 나는 한 가지만은 박아 놓고 싶어 큰 소리로 말했다.

"야, 너! 희진이랑 다시 입 맞추면 죽여 버린다!"

"네가 다시는 바퀴를 죽이지 않는다면! 혹시 아냐? 너한테서 생명의 보장을 받는다면 내가 도로 바퀴로 돌아갈지."

그 말에 내 귀가 당장 솔깃해졌다.

"다, 다시 돌아갈 생각이 있긴 한 거야?"

나는 흥분해서 말까지 더듬었다.

"아직이야 모르지. 웬만하면 버텨 보려고 하는데 네 생활이 하도 재미가 없어서 얼마나 버틸지 모르겠어. 도대체 넌 왜 이 생활로 돌아오려는 거냐? 고3짜리들은 오히려 우리한테 고마워하는 애들도 많던데?"

나는 과연 저 생활로 다시 돌아가고 싶나? 오로지 돌아갈 일만 생각했지, 한 번도 스스로에게 물어보지 않았던 질문이다. 나 역시 늘 지겨워하며 저 생활을 했다. 지겹고 지겨운데 도망도 못 치고 마지못해 살았던 저 시간들.

다시 그 녀석이 나를 물끄러미 바라보더니 말했다.

"인간들이란 워낙 이상한 동물이긴 하지만 고3은 그중에서도 정말 이해가 안 가. 우리 바퀴야 언제 죽을지 모르니까 항상 지금 현재를 즐기지. 삶이란 원래 현재형일 뿐이야. 미래는 곧 현재가 되잖아? 그런데 너희들은 오직 있지도 않은 미래를 위해서만 살아. 미래는 또 현재가 되고, 그 미래는 또 현재가 되고…… 끝없이. 그러다 죽는 거지. 한 번도 제대로 살아 보지 못한 채!"

"인간은 미래의 원대한 꿈을 위해 현재를 희생하는 거라구! 바퀴 주제에 뭘 안다구!"

나는 왠지 인류의 대변인이 되어야 할 것 같아 마음에도 없는 말을 뱉었다.

"기껏해야 취직 잘 되는 대학 가서 한신보험 광고처럼 살려는 게 원대한 꿈인가? 그러기 위해 이 청춘의 빛나는 시간들을 송두리째 바친다구? 어림없지. 난 내 멋대로 살 거야."

"한신보험 광고라니, 그건 또 무슨 뚱딴지 같은 소리야?"

"그거 왜 있잖아? 햇살 좋은 아파트 거실에서 남편은 신문지 깔고 손톱 깎고, 아내는 아이 무릎에 눕힌 채 귀 파 주고…… 킬킬킬."

그러고 보니 그 광고가 떠올랐다. 평화롭고 행복한 가정을 보여 주며 이런 가정을 지켜 내려면 자기네 보험에 들어야 한다는 광고였다. 아주 자연스럽게 잘 찍어서 누구나 보면 마음이 따뜻해지는 광고라 무슨 상도 탔다고 했다. 사실 일상의 그런 풍경을 지키려면 요새 같은 세상에 얼마나 힘이 드나 말이다. 그런데도 나는 어쩌다 그 광고와 마주치면 닭살이 돋곤 했다. 부모야 그렇게 살라고 하고 싶었지만 내가 살고 싶은 미래는 결코 아니었다. 그러면서도 역시 나는 인류의 대변자가 된 심정으로 억지를 썼다.

"그게 어때서? 그런 행복이 얼마나 소중한 건지, 가족 따윈 없는 바퀴가 알 리가 없잖아?"

"그러게 누가 뭐래? 난 단지 그게 그렇게 원대한 꿈이냐 이거지. 지금 이렇게 현재를 희생해서 형편없는 시간을 보내는 대가가 고작 그걸 위해서냐, 이 말씀이야. 적어도 나는 그렇게 사는 인간이 이해가 가지 않거든."

"흥. 그래서 책가방도 학교에 두고 왔냐? 집에 가면 어머니가 난리가 날 텐데."

"내일 아침이면 또 들고 갈 걸 뭐 하러 힘들게 들고 와? 초등학생도 아니고 엄마 무서워 하기 싫은 일을 하겠냐?"

그 말에 솔직히 나는 찔끔했다. 나는 어머니가 무서워 마지못해 하는 일이 많았다. 무섭다기보다는 그 짜증과 잔소리를 듣는 일이 귀찮아서였지만.

"나, 수학 단과반 끊을 돈으로 드럼 학원 등록했다."

그 녀석은 계속 나를 놀라게 했다.

"뭐? 드럼 학원?"

"그거야말로 너의 원대한 꿈이었잖아?"

그 녀석의 뜻밖의 말에 나는 하마터면 앞으로 고꾸라질 뻔하였다. 누군가 뒤에서 정강이를 걷어찬 것만 같았다.

"그, 그걸 어, 어떻게 알았어?"

그 녀석은 빙긋이 웃기만 했다. 그러나 내 심장은 파스라도 갖다 붙인 것처럼 후끈거렸다. 그 녀석의 말대로 드러머는 내 오랜 '원대한' 꿈이었다. 작은 성 같은 심벌즈와 드럼들을 거느린 채 열정적으로 두드려 대는 드러머!

그러자 무대 위에서 드럼 스틱을 마음껏 휘둘러 대던 기억이 떠올랐다. 중학교 때 나는 실제로 '안개 속으로 사라지다'란 밴드의 드러머였다. 고등학교에 가면서 밴드는 해체되었고, 우리 멤버는 지금 모두 후줄근한 고3의 입시생이 되어 있지만.

정말 얼마 만에 떠올려 보는 기억인가? 그토록 떠올리지 않으려고 기를 썼던 기억들. 3년이라는 시간은 그 기억들을 기억의 늪 속에 깊숙이 묻을 만한 시간이었다.

"인간의 삶 따윈 흥미 없지만 그래도 네 몸을 가지고 있으니까 네가 좋아하던 거라도 해야 살 수 있지. 나는 너처럼 살다간 죽어. 바퀴들은 진실해서 자기 자신을 속이지 못하거든."

나는 아무 말도 할 수 없었다. 드럼을 떠올리자 내 가슴은 희진이를 생각할 때처럼 둥둥 뛰기 시작했다. 드럼에 대한 열정을 누르기 위해 나는 정신적인 행위였다고는 해도 스스로 손목을 끊어

내는 고통을 겪었다. 적당히 기억하는 일이란 불가능했다. 깨끗이 잊어야만 했다. 그러기 위해 나는 고등학교에 들어간 이후론 드럼이 나오는 음악은 듣지도 않았다. 바퀴벌레만큼이나 근질거려 싫어했던 발라드나 듣고, 락 음악이 들려오면 귀를 막았다.

"일단 대학부터 간 다음에 할 생각이었단 말이야. 아무것도 모르는 주제에!"

부모의 요구도 그랬지만 나 역시 세상에서 무시당하고 살 자신은 없었다. 일단 대학을 간 다음에 그동안 억누른 모든 것을 다시 시작하리라 생각했다.

"바보야! 그건 화분에 꽃을 심어 놓고 몇 년 뒤에 물을 흠뻑 주겠다고 말하는 거나 똑같아. 그때까지 그 꽃이 시들지 않고 배기냐? 그렇게 해서 결국 너희들은 바퀴벌레같이 살게 되는 거야. 너희들이 생각하는 바퀴벌레 말이야. 진짜 우리가 아니고!"

그러면서 녀석은 주머니에서 뭉쳐진 지폐 한 다발을 꺼냈다.

"네 아버지 돈이야. 며칠에 걸쳐서 조금씩 빼냈어, 표 안 나게. 안 그래도 네가 올 거라고 생각해서 챙겨 뒀지. 사는 게 고달플 텐데 이 돈으로 보태 써. 그리고 얼마가 될지는 몰라도 너 자신에게 정직해 봐. 모르긴 몰라도 나한테 고마워하게 될걸."

나는 큰소리쳤던 것도 잊은 채 그 돈을 냉큼 집었다. 우리 아버지 돈이기도 했지만 그 녀석에 대한 적의가 많이 사라진 탓도

컸다.

"고맙군. 잘 쓰지."

"그럼 또 봐. 돈 떨어지면 언제든 연락하구."

그리고 우리는 헤어졌다. 마치 친한 친구들처럼 기분 좋게.

내가 어떻게 된 거지? 나는 이미 그 녀석에게 알 수 없는 우정을 느끼고 있었다. 돌아오는 길에는 문득 이런 의문까지 들었다. 혹시 내가 가짜고, 저 녀석이 진짜가 아닐까? 설사 내가 진짜라 할지라도 저 녀석은 '나'보다 더 '나'답게 살 수 있는 녀석이다. 저 녀석이 본래 바퀴였든 송충이였든 '나'보다 더 '나'답게 살 수 있는 게 저 녀석이라면 '나'는 진정한 '나'를 위해 스스로 비켜 줘야 하는 게 아닐까? 내가 저 자리로 돌아가도 '나'는 '나'를 속이며 살 게 분명하니까. 그렇다면 남은 '나'는 누구지? 내가 바퀴로 변신해 저 녀석 대신 살 수 없다면 이 우주 속에 여벌로 남아 둥둥 떠다니는 '나'는 도대체 누구지?

그런 생각을 하자 마음속 깊은 곳에서 서늘한 바람이 불었다. 지금껏 살면서 한 번도 느껴 보지 못한 서늘함이었다. 어쩌다 나한테 이런 일이 생긴 걸까? 아무 생각 없이, 시키는 대로, 그 좋아하던 음악도 버리고, 구시렁거리고, 틱틱거리기나 하면서 살던 나한테!

나는 문득 겁이 났다. 나는 누구인가? 나는 누구였던 것일까?

이런 말도 안 되는 인생의 폭풍에 휘말리게 된 열아홉 대한민국 청년 장양호는 과연 누구였으며, 누구란 말인가?

방에 돌아가니 민구가 와 있었다. 그 녀석한테 받은 돈에서 생활비를 빼 주자 민구가 물었다.

"바퀴 변신체를 만나고 왔구나? 잘했다! 돈을 달라니까 쉽게 줘?"

"내가 올 줄 알고 챙겨 놨던데?"

"대단한데? 바퀴들이 생각보다 아주 영리하단 말이야. 3억4천만 년이나 버텨 낸 놈들이니까 뭐가 달라도 달라."

"3억4천만 년? 바퀴가 그렇게 오래됐어?"

"제일 오래된 화석이 그렇다는 거니까 실제로는 더 오래됐을 수도 있지. 공룡도 바퀴보다는 1억5천만 년이나 뒤에 나와. 첫 번째 영장류는 그보다 다시 1억5천만 년이 지나야 나오고, 그러니까 바퀴보다는 3억 년 뒤인 셈이지. 거기다 걔네들은 그때나 지금이나 거의 비슷하게 생겼어. 그만큼 원체 잘 만들어졌다는 거 아냐? 대단한 놈들이야."

"3억4천만 년이나 됐으면 저렇게 변신술을 가지는 것도 가능하긴 하겠구나. 이 얼마 안 되는 역사에 인류가 이룬 진보를 본다면."

"인류는 다 멸망해도 바퀴는 살아남을걸? 바퀴는 핵전쟁에도 살아남는다니까."

"핵전쟁에도? 저 변신체들도 그럴까? 몸이 달라도?"

"바퀴의 몸일 때나 그렇지. 변신체는 어쨌든 객관적으론 인간이라고."

그런 얘기를 나누면서도 나는 바퀴 녀석에게 느낀 우정에 대해서 얘기하진 않았다. 그 얘기를 하기는 좀 창피스러웠다. 희진이에 대한 얘기도 하지 않았다. 둔갑 바퀴가 희진이를 만났다는 얘기는 너무 쪽팔렸다. 아무리 둔갑한 모습이 내 모습이라고 할지라도 어딘가 찝찝하기는 마찬가지였다. 그렇지만 희진이가 나를 좋아한다는 사실만은 황홀했다. 비록 그 녀석과 한 입맞춤이었지만 희진이는 그게 '나'인 줄 알고 했으니 그것은 결국 '나'와 입 맞춘 것이 아닌가? 희진이가 나와 입맞춤을 하다니! 그러나 진짜 나는 희진이와 손끝조차 닿아 본 적이 없다. 도대체 어느 것이 진짜 '나'일까? 희진이는 '나'와 입맞춤을 한 것인가, 아닌가?

나는 헷갈리는 '나'를 구분하느라 여전히 어지러웠다. 잠시 '나'는 저 녀석에게 맡겨 놓고 어디론가 훌쩍 바람이나 쐬고 오고 싶었다. 아, 암바퀴가 변신만 해 준다면 희진이도 나와 함께 갈 수 있을 텐데, 어디 나도 바퀴한테 부탁이나 한번 해 볼까? 혹시 저 녀석의 애인 바퀴가 그 부탁을 들어주진 않을까?

　그런 생각을 하자 나는 지금까지의 머리 아픈 생각에서 벗어나 마음이 몹시 설레었다. 나도 모르게 웃음이 새어 나왔나, 나한테는 관심도 두지 않고 바퀴 박멸 연구에만 몰두해 있던 민구가 나를 보며 말했다.

　"왜 혼자서 히히거리고 있어? 너, 너무 충격을 받아서 머리가 어떻게 된 거 아냐? 분명히 말하지만 내가 너를 내 방에 있게 하는 건 어디까지나 제정신일 때의 너야. 정신이 나가면 그 길로 쫓아낼 거니까 마음 단단히 먹고 있어."

　푸하하, 나는 크게 웃음을 터뜨렸다. 내가 정신이 나간다면 민구는 아무런 가책도 없이 쫓아내고도 남을 아이였다. 하지만 내 정신은 멀쩡하다. 어느 날 바퀴가 나로 둔갑을 하여 눈앞에 나타나고, 부모에게도 가짜라는 의심을 받아 집에서 쫓겨났는데도, 그리고 변신한 바퀴가 자신이 짝사랑하던 여자와 입맞춤을 하는 걸 현장에서 두 눈으로 똑똑히 보고도 이렇게 헤헤거릴 수 있다는 건 나의 굵은 신경줄이 큰 도움이 되었을 것이다. 이토록 밧줄처럼 튼튼한 신경줄을 가졌으니 나는 앞으로 어떤 일을 겪어도 정신이 나갈 일은 없으리라. 그것만은 신에게 감사하고픈 일이었다. 무딘 신경줄이여, 만만세!

　민구는 계속 내가 의심스러운지 흘낏거리면서도 자신의 연구를 계속했다. 이제 실험 단계에 들어갔는지 책상 위에 사각 어항까지 가져다 놓고 바퀴를 잡아 들여다보고 있었다. 어항 속의 바글바글한 바퀴라니! 시도 때도 없이 방 안에 출몰하는 바퀴로 모자라 이제는 어항에까지 넣어 놓고 본단 말인가? 하긴 실험용 바퀴를 바로 자기 방에서 얼마든지 구할 수 있다는 건 가난한 연구자에게 큰 축복이리라. 킬킬.

하지만 어둠 속에서 책상 스탠드만 밝혀 놓은 채 바글거리는 바퀴를 열심히 관찰하는 그 애를 보고 있자니 참 괴상하긴 괴상한 친구라는 생각이 새삼 들었다. 민구는 늘 혼자 다니는 아이였다. 왕따냐고? 아무도 그의 곁에 가지 않으니 그렇게 보이기도 하겠다. 하지만 따돌리는 것은 우리가 아니라 민구였다. 그렇다고 민구가 우리를 내치지는 않았다. 그저 민구는 자신의 얘기를 늘 하는데, 그 얘기를 제대로 알아듣거나 믿어 주는 사람이 없는 것뿐이었다. 아이들은 민구의 얘기를 믿지도 않았거니와 알아듣지도 못해서 자연스레 민구 옆에 다가가지 않았다. 그런데 나는 민구의 얘기가 재미있었다. 믿지는 않았지만 알아듣기는 했다. 그래서 나는 그 애의 곁에 남을 수 있었고, 민구의 친구가 되었다. 딱히 민구가 나를 친구로 여기는지는 잘 모르겠으나 어쨌든 나밖엔 같이 다니는 애가 없으니 친구긴 친구겠지.

민구가 왜 자취를 하며 혼자 사는지에 대해서도 아이들 사이에선 말이 많았다. 당사자인 민구는 부모가 미국 이민을 갔다고 했다. 자기는 미국처럼 안정된 나라보다는 온갖 복잡한 것들이 질펀하게 녹아 있는 한국이 훨씬 흥미로워 따라가지 않았다는 것이다. 부모는 민구를 설득하다 지쳐 결국 포기했고, 방 한 칸을 얻어 주고는 떠나 버렸다. 그래서 민구는 아르바이트를 해서 제 손으로 학비와 생활비를 번다.

그렇지만 아이들은 그 얘기를 믿지 않았다. 그래서 민구의 부모가 사실은 이혼을 했고, 서로 자식을 맡지 않으려고 발뺌을 하다가 돈을 모아 방을 얻어 주고 손을 뗐다는, 새로운 버전을 만들어 냈다. 어느 쪽이 더 잔인한지는 잘 모르겠지만 부모들의 닦달 속에 입시 전쟁에 내몰려 있는 중산층의 우리 학교 아이들은 이혼도 하지 않은 부모가 함께 이민을 가면서 자식을 버린다는 얘기는 상상도 못 하는 것이다. 이혼을 하면 부모도 남남이 될 수 있다고 쿨하게 생각하면서 이혼하지 않은 부모란 다른 면에서는 몰라도 자식의 입시에 대해서만은 접착제로 붙인 듯 딱 달라붙은 '대입 연합군'이라고 굳게 믿었다.

어쨌거나 민구라는 애는 다른 사람들의 생각에는 전혀 무신경한 놈이니 그런 면에서 이야기를 지어냈을 리는 없다. 하지만 그 부모가 어떤 사람들이었는지 몰라도 그 사람들도 자기네가 낳은 자식이 너무도 낯설고 이상해서, 혹시 병원에서 바뀐 것이 아닐까, 늘 의심하며 지냈을 것만 같다.

나는 그런 재미없는 생각에서 벗어나 다시 희진이와의 밀월여행으로 빠져들었다. 너무 행복해 다른 아무런 생각도 들지 않았다. 그렇게 잠이 들어 희진이와 신혼여행을 가는 꿈까지 꾸었다. 그러나 꿈속에서 나는, 자다 깨어 보니 커다란 암바퀴(그 바퀴는 머리에 분홍색 리본을 묶고 있었다!)를 안고 있어 비명을 지르다 진짜로 깨고 말았다. 깨어 보니 민구는 내 비명 소리에도 아랑곳없이 여전히 책상에 앉아 연구에 골몰하고 있었다. 시계를 보니 3시가 넘었다.

"너, 안 자? 내일 학교도 가야 하잖아?"

내 말에도 대꾸가 없는 것을 보니 완전 연구 삼매경에 빠진 모양이었다. 에고, 내가 알 게 뭐람, 천재들이란 저런 건가 보다. 나는 계속 희진이의 꿈을 꾸었는데 매번 바퀴가 어느 부분에선가 등장해서 몇 번이고 깨었다 잠들기를 되풀이했다. 희진이가 아이를 낳는데 새끼 바퀴들이 끝없이 나온다든가, 데이트를 하는데 엄청나게 커다란 바퀴가 나타나서 희진이를 납치해 간다든가, 그런 식이었다. 그렇게 깰 때마다 내 눈에 들어오는 건 책상에 달라붙어 연구 중인 민구의 모습이었다. 악몽을 꾸다 깨어서인지 그런 모습조차도 으스스했다. 하여튼 괴로운 밤이었다.

행운아

마침내 아침이 되어 깨어 나니 방에는 아무도 없었다. 민구는 그렇게 밤을 새고도 학교로 간 것이다. 쓰레기통에 피 묻은 휴지들이 뭉쳐져 있는 걸 보니 코피를 흘렸나 보다. 코피도 날 만했다. 수업 끝나고, 편의점에서 아르바이트하고(아르바이트 때문에 야자는 안 하지만), 집에 와서는 줄창 책상에 앉아 연구만 하고 잠을 거의 못 자니 말이다. 민구는 한번 무언가를 붙들면 풀릴 때까지 엄청난 집중력을 발휘한다. 그럴 때는 무언가에 사로잡힌 아이같이 보여 딱할 지경이다. 아무리 말려도 소용없고 본인 스스로도 어떻게 안 되는 것처럼 보인다. 그런 민구를 보고 있으면 나를 천재로 낳아 주지 않은 부모에게 감사하고 싶어진다. 수학 점수 따위를 묻는 걸로 나를 부인해 버린 부모는 아주 못마땅하지만.

보통은 민구가 등교 준비를 하는 기척에 깨었다 다시 잠들곤 했는데 오늘은 나도 곯아떨어져서 전혀 몰랐다. 밥상 위에는 민구가 먹다 남긴 밥그릇에 바퀴들이 달라붙어 있었다. 예전 같으면 비명을 지르며 달려들어 마구 학살극을 벌였을 그 장면도 이제는 아무렇지도 않다. 늘 보는 그런 풍경에 면역이 된 것이다. 그런 자신에 대해 씁쓸한 마음이 드는 것까지 막을 수는 없었지만.

핸드폰을 들고 시간을 보니 12시가 넘었다. 그런데 낯선 번호의 문자가 와 있었다.

오늘 저녁에 홍대 앞 갈 생각 있어? - 바퀴

나는 하마터면 엊저녁에 먹은 것을 다 게워 올릴 뻔했다. 그러니까 이것은 그 녀석이 보낸 문자인 것이다. 이미 그 녀석에게 호감 비슷한 느낌까지 가지게 되긴 했지만 눈을 뜨자마자 만나는 끔찍한 일상의 풍경에다, 그런 광경조차 익숙하게 여기는 내 자신에 대해 냉소까지 보낸 이런 아침에, '바퀴' 라고 밝히며 바퀴가 직접 보낸 문자를 받는 기분은 정말 더러웠다. 이러다 내가 어떻게 되는 게 아닐까, 온몸의 솜털이 곤두섰다. 인간 세상이라는 컨베이어벨트에서 떨어진 채 지저분한 바닥에서 바퀴들에게 둘러싸인 기분이랄까. 이러다 정말 내가 어느 날 바퀴가 되어 버리는 건 아닐지 겁이 덜컥 났다. 나는 그 문자를 무시해 버렸다. 바퀴와 문자까지 주고받고 싶은 마음은 정말 없었다. 그러나 그 녀석은 다시 문자를 보내왔다.

오늘 대규모 추모공연이 있어 달빛요정역전만루홈런이라는 인디 뮤지션을 추모하는 공연이야 얼마 전에 젊은 나이로 세상을 떠났거든

달빛요정역전만루홈런이라고? 이름도 괴상하군. 어쨌든 나는
듣도 보도 못한 사람이었다. 하긴 주류 음악도 끊고 살았는데, 인
디 음악을 알 리 없었다. 흥미도 없었고, 더군다나 그 녀석과 함께
가고 싶은 생각은 추호도, 추호도 없었다. 그러나 그 녀석은 끈질
겼다.

홍대입구역 9번 출구 앞으로 6시까지 나와

실컷 기다려라! 내가 바쿼냐? 네가 오란다고 쪼르르 나가게?
내가 열 받아 혼자 구시렁거리고 있는데 다시 문자가 왔다.

희진이랑 가는 거야 네가 안 오면 할 수 없이 내가 나간다 ㅋㅋ

또 당했다는 생각에 이가 부드득 갈렸지만 어쩔 수 없었다. 나
는 할 수 없이 답을 보냈다.

내가 나갈 거야 꺼져

그 스멀스멀한 미소를 띠며 문자를 보내는 녀석의 얼굴이 눈에
선하다. 하긴 그게 바로 내 얼굴이지만.

진작에 그럴 것이지 희진이 꿈이 락가수란 것도 보너스로 알려주마
그럼 잘 노삼^^

희진이가? 그 청순하고 얌전해 보이는 희진이가 락가수의 꿈을
가지고 있다고? 나는 그 사실이 너무나 반가우면서도 그런 정보
를 그 녀석을 통해 알게 되는 스스로가 한심스러웠다.

그런데 문득 어젯밤 꿈들이 떠오르면서, 오늘 나온다는 게 진짜
희진이가 맞을까, 하는 의심이 들었다. 혹시 그 녀석이 암바퀴를
희진이로 둔갑시켜 내보내는 건 아닐까? 그날 그 녀석이 만난 것
도 사실은 암바퀴 변신체는 아니었을까? 그런데 희진이와 똑같은
모습을 한 것이라면 그게 설사 바퀴의 변신체인들 희진이가 아니
라고 할 수 있을까?

어쨌거나 무조건 나갈 수밖에 없다. 희진이를 정말로 만난다니,
내 심장이 터질 일이었지만 나는 지난밤의 악몽과 그런 의심 때문
에 마냥 기뻐할 수만은 없었다. 만나서 잘 살펴보면 알 수 있겠지.

하지만 희진이는 수학 학원에서 만난 사이다. 서로 얼굴만 알
뿐 말 한번 붙여 보지 못한 사이다. 그저 나 혼자 그 애를 먼발치
에서 사모해 왔을 뿐이다. 그 애에 대해 아는 건 하나도 없다. 그
애가 진짜 희진이인지 아닌지 내가 무슨 수로 구별해 내나? 서로

공유한 기억조차 없으니 나는 남들이 내게 한, 그런 말도 안 되는 질문조차 할 수가 없는데.

그래도 나는 이 동네 살면서 처음으로 동네 목욕탕에 가서 몸도 씻었다. 아파트에선 늘 샤워만 했는데, 뜨거운 물에 몸을 담그고, 깨끗이 씻고 나오니 훨씬 개운했다.

방으로 돌아온 나는 컴퓨터를 켜고 '달빛요정역전만루홈런'에 대해 공부하기 시작했다. 사랑하는 여자를 만나는데 아무것도 모르고 나갈 수는 없었으니까.

일단 나는 그에 대한 정보 없이 노래부터 들어 보기로 했다. 가수는 무엇보다 음악으로 평가해야 한다. 그가 요절한 가수라고 해서 그것 때문에 미리 촉촉한 가슴을 만들어 가지고(그러니까 감동할 준비를 다 하고서) 대하는 건 무엇보다 그 가수에 대한 예의가 아니다. 아무리 어렸을 때 일이라 할지라도 한때 밴드의 드러머였고, 음악을 사랑했던 소년이 취할 태도는 더더욱 아니었다.

나는 음악 사이트를 뒤져 가며 그의 노래를 찾아보았다. 꽤 많은 곡이 떴다. '361 타고 집에 간다'란 제목이 재미있어 보여 일단 들어 보려고 클릭을 하려다가 나는 멈칫했다. 바퀴 녀석한테서 '드럼'이라는 말을 듣는 것만으로도 후끈거리던 심장. 지금까지 내가 그토록 누르고 눌러 왔던 노력은 다 헛것이었나? 아직도 내 속에는 음악에 대한 애정이 식지 않고 있었던 걸까? 지난 3년간 나는, 일부러 음악을 찾아 듣는 일을 완전히 끊었다. 귀에 들리는 것까지 막을 수는 없었지만 내가 의지를 가지고 듣는 일은 없었다. 사람들이 담배를 끊듯이 음악을 끊었다. 그건 두려움이기도 했다. 다시 거기에 발을 디디면 걷잡을 수 없으리라는 것. 마치 간신히 금연에 성공한 애연가가 친구가 권한 담배를 무심코 피우다 그간의 노고를 다 물거품으로 만들어 버리듯이.

하지만 이제 무서울 게 뭐가 있나? 나는 집에서도, 학교에서도 버림받은 몸이다. 더 이상 잃을 게 없는 몸이니 두려울 것도 없다. 나는 힘을 주어 클릭을 했다. 음악이 흐르기 시작했다. 나는 곧 음악으로 빨려들어 갔다. 멜로디와 박자는 단순했지만 마음을 끄는 데가 있는 노래였다. 무엇보다 가사가 아주 독특하고 재미있었다. 노래 가사가 아니라 일기를 쓰듯 적어 내려간 글 같아서 일상적이고도 생생했다. 그러다 한 구절의 가사에 그만 나도 모르게 웃음을 터뜨리고 말았다.

이제는 집에 다 왔다
나는 내릴 거다
바퀴벌레만 나를 반기는 곳
그곳으로 나는 향한다
그 녀석들과 함께 TV를 볼 거다

여기저기 빨래가 나뒹구는 방에서 한판 자 주고
내일 아침 다시 보자 구질구질한 세상아

바퀴벌레들과 나란히 앉아 TV를 보는 모습이 만화의 한 장면처
럼 그려졌다. 으히히, 그래서 그 녀석이 이 가수를 좋아했나? 그
런데 이거야말로 오히려 지금 내 얘기잖아? 민구 방에는 TV조차
없지만.

달려라 날아라 하늘 끝까지
밟아라 엔진이 불타 터져 버릴 때까지
말 좀 해 다오 시내버스야
말 좀 해 다오 시내버스야
내 갈 곳이 어딘지 좀 말해 다오

어느새 나도 모르게 그 신나는 후렴구를 따라 하고 있었다. 나
야말로 내가 갈 곳이 어딘지 누가 말 좀 해 주면 좋겠다. 마침 옆
을 지나가는, 이제는 식구 같은 바퀴를 보니 가사가 저절로 바뀌
어졌다. 말 좀 해 다오 바퀴벌레야 말 좀 해 다오 바퀴벌레야 내
갈 곳이 어딘지 좀 말해 다오……
이번에는 '절룩거리네'란 노래다. 드럼이 전주를 연다. 저절로

호흡이 가빠진다. 나는 얼른 볼펜 두 자루를 양손에 잡고 책상을 두들겨 댔다. 두구두구두구두구두구……

시간이 흘러도 아물지 않는 상처
보석처럼 빛나던 아름다웠던 그대
이제 난 그때보다 더
무능하고 비열한 사람이 되었다네
절룩거리네 하나도 안 힘들어
그저 가슴 아플 뿐인걸
아주 가끔씩 절룩거리네

나는 그만 노래 창을 닫았다. 누가 내 심장을 손에 들고 쫙 찢는 것만 같았다. 시간이 흘러도 아물지 않는 상처 보석처럼 빛나던 아름다웠던 그대…… 그건 내게 음악이었고, 드럼이었다. 어떻게 지금까지 그걸 꾹꾹 누르고 살아왔는지 나는 내 자신이 의심스러 웠다. 이렇게 떠올리는 것만으로도 고통스러운 사랑을 나는 어떻 게 누르고 살아올 수 있었을까?

또, 또 감상에 빠진다. 나는 머리를 흔들었다. 희진이를 만나러 간다, 오늘 나는. 다른 생각은 하지 말자. 지금 필요한 건 데이트 에 필요한 정보일 뿐이다.

'쓰끼다시 내 인생' '제육볶음의 비밀' '폐허의 콜렉션' '고기반찬' '나를 연애하게 하라' 처럼 이 가수의 노래 제목들은 하나같이 궁금증을 불러 일으켰다. 가사는 대부분 우울했지만 박자와 멜로디가 밝아서 청승맞지는 않았다.

정신없이 빠져들어 노래를 듣다 핸드폰을 보니 벌써 3시가 지났다. 나는 얼른 그에 대해 검색을 시작했다. 혼자 지하방에서 자취를 하며 힘들게 살던 그는 어느 날 쓰러진 채 발견되었고, 의식을 잃은 채 며칠을 지내다 세상을 떠났다. 불과 몇 달 전의 일이었다. 37세의 나이…… 지금의 내게는 엄청나게 많은 나이로 여겨지지만 죽을 나이는 결코 아니다. 아깝다. 이제 그의 노래를 못 듣는다 생각하니 알게 된 지 하루도 안 된 가수인데도 몹시 마음이 아팠다.

추모 공연에 대해서도 나와 있었다. 101개의 밴드가 홍대 앞 클럽 26곳에서 하루 저녁에 걸쳐 동시 추모 공연을 여는 것이었다. '본 공연에 참석하는 모든 아티스트와 클럽은 노 개런티로 참여하며, 공연에 오시는 모든 분들은 입장 티켓 만 원으로 모든 클럽의 공연을 보실 수 있으며, 티켓 구입시 원하시는 달빛요정역전만루홈런의 앨범을 한 장씩 드립니다' 라고도 써 있었다. 놀랍다. 대단하다. 모르긴 몰라도 이런 일은 전 세계적으로도 없는 일이지 않을까? 희진이가 아니더라도 반드시 쫓아가서 보고 싶은 공연이었다. 나는 이런 좋은 뮤지션과 좋은 공연을 알려 준 그 녀석에게 어쩔 수 없이 고마움을 느꼈다. 큰일났다. 타도해야 할 적에 대해 적의는커녕 점점 더 호의를 가지게 되다니!

전철을 타고 가는데 자꾸만 가슴이 뛰어 몸이 더웠다. 희진이를 만난다는 생각 때문인지, 공연을 보러 간다는 생각 때문인지 구별하기 힘들었다. 아마도 두 가지가 다 섞여 있겠지. 사실 희진이를 만나는 일은 몹시 긴장되고 떨렸다. 좋다는 생각보다 두려움과 걱정이 앞섰다. 나는 처음 만나는 것이지만 이미 그 녀석은 희진이를 여러 번 만났으니 무슨 얘기를 주고받았는지 내가 어떻게 안단 말인가. 괜히 바보같이 굴어서 가까스로 바퀴 녀석이 다다르게 해 놓은 호감도마저 깎아먹는 건 아닐까?

그러나 공연을 보러 가는 건 기쁘기만 했다. 수많은 인디 밴드 공연을 마음대로 본다고 생각하니 황홀했다. 공연이라니…… 몸 속 깊이 누르고 눌러 둔 기억들이 마구 떠오르기 시작했다. 아직은 안 된다. 지금 나는 세상에서 버림 받은 몸이지만 이것이 영원한 상태는 아니다. 나는 복귀한다. 이제 수능은 6개월도 안 남았다. 복귀하면, 아니 복귀하기 전이라도 마음이 조금만 안정되면 공부를 다시 시작한다. 어떻게 참고 눌러 온 세월인가. 참아야 한다. 대학만 가면 그때 다시 시작한다. 그때까지는 참는다.

누르고 누르는 내 의지 사이로, 음악을 끊으며 자연스레 연락이 끊어졌던 세 친구의 얼굴이 선명하게 솟아올랐다. 보컬이며 리드 기타인 재민이, 베이스 기타 민솔이, 키보드 석이…… 나만큼이나 힘들게 음악을 끊고 기운 없이 3년을 보냈을 그 친구들이 보고 싶었다. 우리는 누가 먼저랄 것도 없이 서로 연락을 끊었다. 서로를 기억하는 것만으로도 음악에 대한 그리움을 들끓게 하는 대상들이었으니.

중학 시절을 돌이켜 보면 2학년 때부터 했던 밴드 활동 외에는 떠오르는 게 없다. 그만큼 우리는 밴드에 몰두했고, 그것 외엔 아무것도 머리에 들어오는 게 없었다. 부모들도 '중학교 때까지만'이라는 조건 하에 우리의 활동을 묵인해 주고, 때론 도와주기도 했다. 그렇게 풀어 버려야 고등학교 가서 입시에 보다 더 몰두할 수 있을 거라는 석이 아버지의 주장이 통했던 것이다. 차라리 부모의 반대 속에 우리도 조금씩 부딪히고 깨져 가며 해 갔던 것이라면 그렇게 고등학교 진학과 동시에 비명 한 번 지르지 않고 허무하게 항복해 버리는 일은 없지 않았을까?

'안개 속으로 사라지다'의 마지막 공연이 떠올랐다. 졸업 공연이었다. 우리는 나름 그 학교에서는 명물이었기 때문에 졸업식이 끝난 후 공연 허가를 얻어 낼 수 있었다. 물론 공연은 원하는 사람만 관람하는 것이었다. 그런데 졸업식이 끝나고도 나가는 사람이 없었다. 아이들이 가지 않으니 부모들도 대부분 자리에 남았다. 그래서 우리의 고별 공연은 그때까지 우리가 한 공연 중에서 가장 많은 관객을 상대로 한 공연이 되었다.

공연 시작을 알리는 재민이의 목소리도 심하게 떨렸다. 안 그래도 고별 공연이라 여러 가지로 복잡한 심정이었는데, 거기다 몇 백 명의 졸업생과 학부형까지 앞에 두고 공연을 하려니 왜 안 그랬겠나.

"오늘 우리는 졸업을 합니다. 우리와 함께 졸업하는 모든 친구들에게 이 공연을 바칩니다. 그리고 이 공연은 '안개 속으로 사라지다'의 마지막 공연입니다. 이 공연을 끝으로 우리 밴드는 사라집니다. 그러나 '안개 속으로 사라지다'가 안개 속이 아닌, 우리와 여러분들의 마음속으로 스며들기를 바라며 공연을 시작하겠습니다. 첫 곡은…… 오늘은 어른들도 많이 계시기 때문에…… 누구나 아는 비틀즈부터 시작하겠습니다. 이제 우리 모두의 추억은 어제의 것이 되었기에 이 곡을 골랐습니다. 우리 모두의 어제를 위하여! 'yesterday' 입니다!"

작사를 끝내주게 하던 재민이의 그날 멘트는 정말 끝내줘서 우리들을 목메게 했다. 마음 여렸던 석이는 아예 시작부터 눈물을 줄줄 흘리며 건반을 연주했다. 그날의 레퍼토리는 학부모들을 위한 배려로 고른 벤처스, 롤링 스톤즈부터 레드 제플린과 뮤즈를

거쳐서 린킨 파크와 마룬 파이브까지 갔다. 부르는 것만으로도 그리운 이름들이다. 그날 나는 자꾸만 울컥해지는 내 자신이 짜증나서 드럼 스틱을 더욱 강렬하게 휘둘렀다. 나중에는 눈앞에서 별이 보일 만큼 어지러웠다.

마지막 앵콜 곡으로 불렀던 '크라잉 넛'의 '안녕 고래'는 굉장히 밝고 동요 같은 가사의 신나는 노래였는데도 졸업식에다 고별 공연인 탓인지 모두들 울먹이며 함께 불렀다.

안녕 고래야 어디 가니 친구들과 즐거웁게
고래야 안녕 어디 가니 날아가는 커다란 고래야

하늘하늘 춤을 추는 넘실넘실 하얀 꼬리
깜박깜박 눈망울엔 파란 바다 날 닮았던
바다 친구들 모두 함께 나는 눈물 남겨두고 잘 있어요

고래가 하늘로 올라가네
고래가 하늘로 올라가네
고래가 하늘로 올라가네
우리 맑은 별에서 다시 만나요

굉장한 공연이었다. 재민이는 울먹이며 부르느라 고음 처리가 형편없었지만 아이들이 모두 따라 불러 주었고, 졸업식 내내 히히거리며 까불기만 하던 아이들도 공연을 끝낼 때는 모두 울음을 터뜨려 눈물바다가 되고 말았다. 생각하는 것만으로도 다시금 가슴이 뜨거워져 나는 숨쉬기가 괴로웠다. 우리는 어떻게 이런 기억을 파묻고 지난 3년을 보낼 수 있었을까. 다시금 나는 그런 의문에 사로잡혔다. 다음 내리실 역은 홍대입구역입니다…… 역 안내 방송을 듣고서야 간신히 호흡을 가다듬을 수 있었다.

"장양호! 여기야, 여기!"

9번 출구 앞에서 나를 기다리고 있는 것은 뜻밖에도 그 녀석이었다. 이 녀석이 나를 속여? 나는 울화가 치밀었다.

"뭐야? 이 자식이!"

내가 세모꼴 눈으로 바라보며 손을 치켜들자 그 녀석은 자신의 핸드폰을 내게 내밀었다.

"읽어 봐. 희진이 문자야. 널 속인 게 아니라고!"

그 녀석이 내민 핸드폰에는 이런 문자가 떠 있었다.

양호야 미안해 오늘 몸이 너무 아파서 공연 못 가겠어 너무나 가고 싶던 공연이었는데 정말 미안해

　그 녀석은 자신의 결백을 증명하기 위해 핸드폰을 내민 것이었지만 나는 희진이가 써 놓은 '양호야'라는 글자에 가슴이 먹먹해졌다. 희진이가 꼭 바로 옆에서 내 귀에 대고 다정히 부르는 것만 같았다. 희진이가 나한테 이렇게 다정한 문자를 보냈다! 그 문자를 읽는 것만으로 내 심장은 쿵쿵 뛰었다. 그러나 이것은 사실 저 자식한테 보낸 것인데……. 어쨌든 희진이가 안 나온 게 서운하면서도 한편으론 다행스럽게 여겨지기도 하는 걸 보니 나는 오늘 희진이를 만날 자신이 없었던 모양이다.

　나는 핸드폰을 돌려주며 말했다.

　"알았으니까 넌 꺼져! 나한테 전화로 알려 주면 되지 뭐 하러 여기까지 왔어?"

　내 말에 그 녀석은 쓰고 온 야구 모자를 더 깊이 눌러쓰며 말했다.

　"전화로 말했음 네가 믿었겠냐? 원래도 니네끼리 만나게 하고 나 혼자 따로 오려고 했던 거야. 내가 이 사람 노래를 얼마나 좋아했는데!"

　"허걱이다, 진짜! 대체 어떻게 바퀴 주제에 이런 가수를 다 아냐?"

　"예전에 내가 이 동네 살았거든. 공연장에서도 살았기 때문에 이 사람 공연도 많이 봤다구. 공연장은 지하라 늘 컴컴한 데다 온 갖 멋진 가수들이 공연까지 해 주니 천국이 따로 없었어. 너처럼 우리 종족을 탁탁 쳐 죽이는 놈도 없었고……. 더군다나 난 이 사 람 음악의 열렬한 팬이었거든."

"설마? 거짓말이지?"

"네가 믿거나 말거나야."

"너, '361 타고 집에 간다' 때문에 좋아하게 된 거지? 큭 큭……"

"그 노래 들어 봤구나?"

"그래, 바퀴가 나오더라. 세상에, 바퀴 나오는 노래가 또 어딨 겠냐?"

"모르는 소리 말아. 이 노래 몰라? 라쿠카라차 라쿠카라차 아름 다운 그 얼굴 라쿠카라차 라쿠카라차 희한하다 그 모습을~~"

"그 노래가 뭐?"

"라쿠카라차가 바로 바퀴벌레야. 스페인 말로. 안 믿어지면 집 에 가서 찾아봐."

"진짜? 그 유명한 노래가? 그럼 우리가 지금까지 바퀴벌레 노 래를 부르며 자랐단 말야?"

"그렇다니까. 루이 암스트롱도 이 노래를 불렀어. 가사는 다르 지만. 빵 반죽 보다가 떨어진 바퀴벌레가 반죽 속에서 이젠 까만

건포도 한 알로만 보인다는 가사지."

"와! 정말같이 들리네."

"참, 내! 속고만 살으셨나?"

"그나저나 이 동네 살다가 우리 집엔 어떻게 온 거야?"

"뭐, 얼결에 그렇게 됐지……. 어쩌다 잘못해서 어떤 사람 옷에 붙어 있다가 그만 딸려가고 말았던가……. 어쨌든 거기서 탈출해 돌아가려고 계속 옮겨 다니다 보니 술 마시던 니네 아버지한테까지 가게 된 거야. 니네 아버지가 그날 홍대 앞에서 술만 드시지 않았어도 우리에게 오늘은 없는 거지. 하하하."

나는 도무지 이 녀석의 말을 어디서부터 어디까지 믿어야 할지 몰랐다. 하지만 그의 말은 그럴듯하게 들렸다. 그렇다면 이것은 얼마나 놀라운 우연의 연속인가 말이다. 결국 인연이란 그런 건가, 아니, 인연이 아니라 악연!

어느새 우리는 나란히 걷고 있었다. 그런데 그 녀석이 갑자기 멈춰서더니 말했다.

"자, 이제부턴 따로 돌아다니자. 같이 다니면 무슨 쌍둥이가 다니는 줄 알 텐데 나도 구경거리가 되는 건 딱 질색이라고. 그럼 잘 구경해! 나는 간다."

그러면서 그 녀석은 인파 사이로 스르륵 사라져 버렸다. 정말 소리도 없이 재빨리 스르륵, 역시 바퀴 출신은 달랐다!

옷차림도 다르고, 그 녀석은 야구 모자까지 깊숙이 눌러썼으니 이 어두운 저녁에 별로 눈에 띌 것도 없었지만 나도 그 녀석이랑 같이 다니기는 싫었다. 그런데도 막상 그 자식이 스르륵 사라져 버리니 왠지 내가 걷어차인 것처럼 조금 실망스럽기까지 했다.

어쨌든 나는 가장 가까운 클럽으로 가서 만 원을 내고 '나는 행운아'란 공연 제목이 적힌 노란 팔찌, 공연장과 프로그램이 적힌 팸플렛, 그리고 '스키다시 내 인생'이 들어 있는 CD를 받았다. 내 심장에 누가 펌프질을 하는 것처럼 심장이 마구 부풀었다. 이 팔찌만 끼고 있으면 오늘 밤 나는 이 공연들을 마음대로 맛볼 수 있는 것이다!

나는 첫 공연으로 'Stop the music'이란 밴드의 공연을 택했다. 그런 제목의 팝송이 있었다. 그녀가 내 심장을 찢어 놓기 전에 음악을 멈춰, 그런 내용이었다. 밴드의 제목이라면 역설적인 뜻일 텐데 지금의 나한테는 딱 맞는 말이었다. 물론 전혀 보도 듣도 못한 밴드였다. 그러나 공연장에 들어가 보니 별로 크지 않은 실내는 꽉 차 있었다. 빽빽하게 서 있는 사람들 틈으로 나는 비집고 들어갔다. 사람들 사이에서 4천 장의 표가 다 팔렸다는 말이 들려왔다. 나도 모르게 다행이란 생각이 들었다. 쓸쓸하게 죽은 그의 추모 공연이 사람도 없이 쓸쓸하다면 얼마나 슬플까.

무대에 불이 들어오더니, 보컬이 마이크를 잡았다.

"오늘은 우리가 사랑한 달빛요정 형을 추모하는 공연입니다. 그러나 우리는 우리 식으로 합니다. 울지 않습니다. 우리는 우리 음악으로 그를 불러내 한판 징하게 놀 것입니다."

그러자 함성이 울려 퍼졌다. 그 함성 사이로 리드 기타의 현란한 멜로디가 울려 퍼지기 시작했다. 앰프에서 퍼져 나오는 진동이 발밑으로 그대로 전달되어 왔다. 내 몸이 너무도 잘 알고 있는 이 진동, 갑자기 가슴이 철렁 내려앉았다. 오지 말았어야 했다, 나는. 이곳에 나는 오지 말았어야 했다. 그러나 이미 늦었다. 드럼이 질주하기 시작했다. 이 비트는 내 온몸을 감전시켰다. 몸 전체가 부르르 떨리면서 심장이 마구 쿵쾅거리기 시작했다.

보컬의 열정적인 목소리가 실내에 쏟아졌다. 가사는 내 귀에 들리지도 않았다. 내 귀는 오로지 그 모든 것들을 받쳐 주고 있는 드럼에만 쏠렸다. 현장에서 듣는 드럼 소리는 기계를 통해 듣는 드럼과는 질적으로 달랐다. 두구두구두구두구…… 나는 이미 드러머의 자리에 앉아 있었다. 아니다. 나는 이미 드럼이었다. 내 몸 전체가 드럼이었다. 움직일 틈도 없이 밀착해 서 있는 사람들이 몸을 흔들고, 뛰어올랐다. 그 속에서 내 몸도, 어느새 내 의지의 끈을 풀고 마구 흔들리고 있었다.

이것이었다. 내가 사랑했으나 버렸던 것, 그러나 내 속에서 이렇게 웅크리고 있던 것. 그는 안개 속으로 사라지지 않았다. 내 속에서 풀릴 날을 기다리며 상처 입은 짐승처럼 내내 웅크리고 있었다. 그 함성과 열기 속에서 공연장에 들어온 지 20분도 안 되어 나는 항복하고 말았다. 지금까지의 내 항거는 거짓이었다. 너무도 얄팍한 것이었다.

아아, 이런 느낌을 어떻게 표현할 수 있을까? 말로는 도무지 할 수 없다. 그냥 살아 있다는 실감이 온몸으로 짜릿하게 퍼져 나갔다. 나는 그동안 거의 죽어 있었던 것이다. 내가 어떻게 저 기억을 잊고 살 수 있었는지 나는 의아해했다. 그런데 지금 이 순간 나는 그 답을 알았다. 온몸으로 번개를 맞듯이 깨달았다. 그건 내가 거의 죽어 있었기 때문이었다. 나는 죽은 채로 살았다. 3년의 시간 동안 시체처럼, 허수아비처럼, 꼭두각시처럼, 그림자처럼 살았다. 그것을 깨닫게 된 것은 지금 내가 살아났기 때문이다. 그렇다, 나는 지금 이 순간, 살아 있다, 나, 장양호는 살아 있다!

공연의 열기는 더욱 뜨거워졌다. 쭉쭉 뻗는 사람들의 팔에 묶인 노란 팔찌를 보면서 나는 문득 거기에 새겨진 '나는 행운아'란 말을 떠올렸다. 그 말을 역설적인 말로만 들었는데 지금은 그 말이 정말 맞다는 생각이 들었다. 죽은 다음에 사람들이 알아 주면 뭐 하냐고? 내 말은 그런 뜻이 아니다. 그는 살아서 진짜 행운아였다. 그는 자기가 좋아하는 음악을 선택해서 죽는 날까지 사는 것

같이 살다 간 용감한 음악가였다. 그가 비겁했다면 그는 그런 삶을 택하지 않았을 것이다. 적당한 삶, 남들 눈에 그럴듯한, 부모가 원하고, 애인이 원하고, 친구들이 원하는 삶에 자신을 맞추었겠지. 그러지 않았던 건 그의 재능이고, 의지고, 용기였다. 거기다 그 모든 것을, 모든 어려움을 뚫고 해냈다는 점에서 그는 확실히 행운아였다. 저 보험 광고에 나오는 손톱 깎는 남자보다 달빛요정이 더 행운아라는 말에 누가 아니라고 할 수 있을까? 그는 누가 강제로 시켜서 음악을 한 사람이 아니다. 그는 자신의 의지로 음악을 선택해서 그 선택이 가져오는 모든 불행까지 다 껴안고 산, 그렇게 할 수 있었던 행운아였다. 그래, 다른 사람들은 다르게 생각해도 좋다. 적어도 나, 장양호의 생각으론 그렇다.

나는 천장을 올려다보았다. 어쩐지 달빛요정, 그가 그 위에서 함께 비트에 맞춰 몸을 흔들며 놀고 있는 것만 같았다. 형님, 내 말이 틀렸나요? 좀 짧게 끝나기는 했지만 형님은 자기가 좋아하는 삶을 선택해서 살았잖아요? 형님이 저 한신보험 남자처럼 살았다면 백 살을 살았어도 살았다고 할 수 있겠어요? 안 그래요? 내 말 맞죠?

흥분한 나는 그렇게 연신 그에게 말을 걸었다. 어때요? 오늘, 즐거우시죠? 그렇죠? 형님은 오늘 달빛요정이 되어 진짜 역전 만루 홈런을 친 거라구요! 그리고요, 그 공에 나도 맞고 말았다구요! 그렇게 펜스 너머로 도망가고 도망갔건만!

그 신나는 비트에 몸을 흔들면서, 몸 전체가 드럼이 되어 퉁퉁거리면서 나는 그렇게 끝없이 중얼거렸다. 나는 비로소 살아났으니까. 내가 누구인지 나는 여전히 잘 알 수 없지만 적어도 내가 음악 속에서만 제대로 숨 쉴 수 있는 인류의 한 부류라는 것만은 깨달았다. 나는 마치 다른 남자에게 빼앗겼던 여자를 되찾은 남자처럼 몇 번이고 속으로 외쳤다. 다시는 너를 놓치지 않을 거야, 다시는!

내가 지금 지나치게 들떠 있다는 걸 나는 알았다. 이 흥분은 공연장을 나서면 금방 식어 버릴 흥분인지도 몰랐다. 그렇지만 나는 오히려 그 흥분을 식히고 싶지 않았다. 간신히 피워 올린 불씨를, 지금껏 꺼뜨리려고만 그렇게 애써 왔던 불씨를, 이번에는 어떻게든 지켜 내고 싶었다. 그것이 내 숨결, 내가 살아 있다는 증거라는 것을 이제는 알았으니까. 저 바퀴 녀석의 말대로 이제 내가 조금이라도 내 자신한테 정직해진 걸까? 정말 그런지도 몰랐다.

‘딱 열흘만’

7시부터 네 팀의 공연을 쫓아다니며 보고 나니 어느새 11시가 넘었다. 마지막 추모 공연이 진짜였지만 그건 들어가지도 못하고 문밖에서 줄만 서 있다가 막차를 놓칠까 봐 뛰쳐나오고 말았다.

전철역 입구에서 나는 그 녀석과 다시 부딪혔다. 그러자 어쩐지 웃음이 터졌다. 우리는 둘 다 킥킥거리며 웃었다. 나는 진심으로 그 녀석에게 말했다.

"고맙다, 이 공연 오게 해 줘서!"

"뭘, 그까짓 걸!"

그러는데 그 녀석의 얼굴을 보니 눈이 퉁퉁 부어 있었다.

"너, 운 거야?"

그 녀석은 말없이 고개만 숙였다. 어쩐지 나도 말을 더 붙일 수가 없어서 우리는 서로 조용히 전철을 타고 왔다. 전철 속은 공연을 본 사람들로 가득 차서 사실 대화를 나누기도 어려웠다. 역에서 아파트 단지까지는 마을버스를 타야 하는 거리였지만 우리는 누가 먼저랄 것 없이 걷기 시작했다. 한참을 말없이 걷는데 그 녀석이 먼저 입을 열었다.

"이 얘긴 안 하려고 했는데…… 나, 사실은 그 사람 집에서도 살았어. 그 사람 노래에 감동 먹어서 일부러 내가 기타 속에 들어가 따라갔어."

"진짜야? 정말 달빛요정 집에서 살았단 말이야?"

"응."

“그래서 울었구나, 눈이 퉁퉁 부었어.”

“오늘은 괜찮을 줄 알았는데 또 울게 되더라. 그 사람이 죽었다는 뉴스를 들었을 때는 더듬이가 떨어져 나가는 것처럼 아팠어. 나, 그 사람, 참 좋아했거든.”

“야, 그 사람은 너, 안 좋아했어. 내가 장담해.”

나는 일부러 농담을 했지만 내 마음도 아팠다. 더듬이가 떨어져 나가는 것처럼 아프다는 말, 어쩐지 나도 그 아픔을 알 것 같았다. 내 몸에 더듬이라도 달린 것처럼.

“그 사람이 노래를 할 때면 늘 기타 속에 들어가 있곤 했어. 리듬에 따라 기타가 통째로 울리는 게 짜릿했어. 사람이 느끼는 걸로 치면 천둥소리 같다고나 할까. 오늘 공연 보는데 그런 추억들이 떠오르더라. 흔들고 뛰고 있는 사람들 머리 위에, 그 사람이 날아와 있는 것만 같아서…… . 이젠 나를 알아보는 것도 같고.”

나는 바퀴 녀석이 또 울까 봐 겁이 났다. 우는 건 딱 질색이다. 그것도 바퀴가 우는 걸 보면서 마음이 흔들리는 괴상한 경험 따위는 정말 하고 싶지 않았다. 지금까지 겪은 괴상한 경험만으로도 나는 평생 겪을 걸 다 겪었으니까. 나는 얼른 말을 끊었다.

“드럼 학원은 잘 다녀? 엄마한테 안 들켰어?”

그 녀석은 다시 밝아졌다.

“당근이지. 내가 왜 들켜? 진짜 재밌더라, 드럼! 네가 드럼을 잘 치는 친구라는 게 정말 마음에 들어."

"야, 도대체 넌 누구고, 난 누구냐? 헷갈려 죽겠다. 이젠 네가 진짜 나일지 모른단 생각까지 든단 말야."

그 녀석은 멈추어 서더니 나를 뚫어지게 바라보았다. 순간적으로 나는 오싹했다. 내가 나를 뚫어지게 바라보다니! 쌍둥이일지라도 조금씩은 다르지 않나? 이건 완전 판박이니 기분이 더럽다고 해야 할지, 신난다고 해야 할지.

"네가 진짜야. 잊지 마라. 난 네 껍데기를 쓰고 있는 바퀴일 뿐이라고!"

허걱! 진짜 허걱이다. 이런 지극히 당연한 말을 바퀴의 입을 통해서 들으니 온몸에 소름이 돋았다.

나는 부르르 진저리를 쳤다. 하지만 나는 곧 마음을 가다듬고 분위기를 바꾸었다.

"혹시 내가 바퀴 변신체고, 네가 원래 장양호인 건 아닐까? 우리 기억이 바뀌었는지도 모르잖아?"

그 녀석이 후후, 웃음을 터뜨렸다.

"그건 알 수 없구나. 기억이란 건 얼마든지 바뀔 수 있으니까. 나도 내가 갑자기 헷갈리네. 나는 정말 누굴까?"

"그런데 너, 아까 인파 속으로 정말, 스윽 사라지더라. 네가 바퀴 맞아. 난 그렇게 못하거든."

“푸후후, 그 정도 습성으로 한 존재를 증명할 수는 없지. 원래 가짜들은 진짜같이 보이기 위해 겉에 드러나는 것들은 진짜보다 더 진짜처럼 만드니까. 중요한 건 속이겠지.”

“속? 속이 뭔데? 마음? 영혼? 그거 다 뇌가 결정하는 거야.”

“그러게, 나도 모르겠다. 뭐가 너를 너로 만들고, 나를 나로 만드는지. 나도 네 몸을 하고 살고 있자니 내가 바퀴 맞나 싶을 때가 있거든. 내가 장양호라는 착각도 가끔씩 들어서 깜짝깜짝 놀라기도 해. 몸이 바뀌면 이미 내가 너로 바뀐 건지, 몸이 바뀌어도 나는 아직 나일 수 있는 건지……. 너는 몸이라도 그대로잖아?”

아니, 이 자식도 ‘나는 누구인가?’ 라는 질문에 시달린단 말야? 도대체 내가 바퀴보다 우월한 게 뭘까? 갑자기 내 입에서는 엉뚱한 말이 튀어나왔다.

“이, 핵전쟁에도 살아남을 놈 같으니!”

예상대로 그 녀석은 멀뚱멀뚱한 표정으로 나를 바라보았다. 나는 설명해 주지 않았다. 이 녀석들이 자기네 종족의 우수성을 너무 많이 알아서는 안 되니까 말이다!

어느새 우리 아파트, 아니, 지금은 이 자식이 살고 있는 아파트 앞에 다다랐다. 가슴이 쓰라리지만 나는 이곳을 지나서 더 가야 한다. 민구와 바퀴들이 나를 기다리는 그 방으로.

헤어지기 직전에 나는 그 녀석에게 말했다.

"야, 네 여친한테 딱 열흘만 희진이 역할 좀 해 달라고 부탁하면 안 되냐? 물론 희진이한테 허락은 미리 받고 말이야. 설명하는 게 어렵긴 하겠지만……"

당연히 말도 안 된다고 할 줄 알았는데 그 녀석은 의외로 선선히 대답했다.

"어려울 것도 없어. 희진이 걘 약간 4차원이라…… 킥킥. 너처럼 콱 막힌 애도 이렇게 금방 적응하잖아? 처음에만 놀랄 뿐이지. 하지만 딱 열흘이야. 희진이한테도 쉬운 일은 아닐 테지만 내 여친한테도 그건 아주 괴로운 일이니까. 희진이 부모는 애를 아주 잡나 보던데? 잘못하면 내 여친 스트레스로 원형 탈모가 생길지 모른단 말야."

"탈모는 무슨! 바퀴가 무슨 머리카락이 있냐? ……낄낄."

"아, 탈모가 아니라 발모. 우린 스트레스 받으면 털이 난다구. 너, 털난 바퀴 못 봤냐? 히히."

정말 단 열흘이라도 희진이와 밴드를 만들어 함께 노래하고 연주할 수 있다면 얼마나 좋을까? 어쩌면 너무 좋아 살아남지 못할지도 모른다, 심장이 터져서! 그 밴드 이름은 '딱 열흘만'이 괜찮지 않을까? 하지만 내 복에 무슨!

설마 그 일이 실현되리라곤 나는 조금도 기대하지 않았다.

"장양호! 장양호!"

겨우 며칠 뒤였다. 누군가가 문을 두드리며 내 이름을 부르는 소리에 늦잠에서 깨어났을 때 나는 마치 전기충격이라도 받은 것처럼 벌떡 일어났다. 혹, 혹시? 설마!

나는 창문을 열지 않은 채 살짝 밖을 내다보았다. 뿌연 간유리 창밖으로 보이는 것은 무언가를 등에 진 여학생의 모습이었다. 의심할 여지가 없었다. '설마'가 사람 잡았다! 그 녀석이 성공한 것이다!

"잠, 잠깐만 기다려!"

나는 큰 소리로 그렇게 외치고는 후다닥 이불을 개고, 먹다 둔 밥상을 치우고 눈곱도 뗐다.

문을 열기 전에 문 앞에서 나는 몇 번이고 심호흡을 하였다. 그래도 심장은 철도박물관에서 본 증기기관차처럼 마구 쿵쾅거렸다.

겨우 심장을 가라앉히고 문을 열자 골목길에는 그 어여쁜 희진이가 기타를 멘 채 서 있었다.

"아직도 잔 거야? 지금 오후 두 시야."

희진이의 말에 나는 얼굴이 벌게진 채 고개만 숙였다. 늦잠을 잔 폐인 같은 모습을 들킨 것도 부끄러웠지만 그렇게 꿈만 꿔 온 희진이와 이렇게 둘이 만나다니 나는 서 있기조차 힘들었다.

"우리, 시간 없잖아? 네가 열흘만 부탁했다고 했지만 내가 한 달을 얻어 냈어. 한 달도 금방이야. 언제 밴드 구성하고, 연습해서 공연할 거야? 공연을 딱 열흘만 하더라도 말이야."

나는 이게 무슨 소리인가 싶어서 그저 멍하니 서 있었다.

"그래, 아무 대책 없을 줄 알고 내가 다 준비했으니까 얼른 옷 걸치고 나와. 얼른!"

"응? 어딜 갈 거야?"

"가야지, 그럼. 여기서 뭘 해? 내가 연습실 구해 놨으니까 얼른 옷 입고 나오라니까!"

"아, 알았어. 잠깐만!"

그렇게 희진이가 데려간 곳은 어떤 다세대주택 지하에 있는 연습실이었다. 꼼꼼히 방음 처리가 되어 있는 그곳은 당장이라도 연습을 시작할 수 있게 모든 준비가 되어 있었다. 반짝이는 드럼 세트까지! 나는 눈이 휘둥그레진 채 물었다.

"여긴 어떻게 알았어? 우리가 써도 되는 거야, 정말?"

"우리 외삼촌이 밴드 하거든. 그 밴드에서 빌려 쓰는 연습실이야. 삼촌네 밴드는 지금 유럽 여행 갔어. 한 달 동안 길거리에서 공연하면서 그 돈으로 돌아다닐 거래. 그때까지는 우리가 맘대로 써도 돼. 거기다 악기도 제일 좋은 건 두고 갔어. 이거 다 우리가 쓰면 돼."

꿈을 꾸면 정말 이루어지는 걸까? 그 폭풍의 날 이후 내게 쓰나미처럼 밀려든 이 운명의 파도 앞에 나는 계속 펀치만 맞는 기분이었는데 지금은 행복하다는 생각뿐이었다. 가슴이 벅차오르는데도 희진이 앞에서 떨리기만 하던 몸은 비로소 진정이 되었다.

나는 가만히 드럼 세트 앞으로 가서 앉았다. 바닥에 얌전히 놓여 있는 드럼 스틱을 집어 들었다. 그러자 내 팔은 저절로 오른쪽, 왼쪽의 더블 스트로크로 8분 음표를 계속 두드리기 시작했다. 몸은 잊지 않고 있었다. '안개 속으로 사라지다' 시절, 나는 드럼 세트에 앉을 때마다 언제나 이 동작으로 몸풀기를 시작했다. 비로소 숨을 쉬는 기분이 들었다. 이제 나는 더듬지 않고 희진이에게 말했다.

"자, 그럼 밴드를 구성해야지? 네가 보컬하고, 내가 드럼하면 리드 기타랑 베이스만 있으면 되나?"

"리드 기타는 네가 하면 되잖아? 참, 네가 아니고, 걔 말야, 걔!"

희진이는 말하면서도 쿡쿡거리며 웃었다.

"걔가 기타를 쳐? 드럼 학원 다닌다는 얘기는 들었지만……"

"잘 치던데? 네가 원래 기타 잘 쳤던 거 아냐?"

"내가 좀 쳤지. 아, 그렇지, 걔는 나니까 기타 좀 치겠구나. 하하하.”

우리는 둘 다 웃음을 터뜨렸다.

“그럼 베이스는 누구한테 맡기지?”

희진이가 묻자 나는 딱 떠오르는 사람이 있어 혼자 킬킬 웃었다.

“왜? 누가 있어?”

희진이의 질문에 나는 웃음을 거두고 대답했다.

“응, 내 룸메이트.”

“기타 잘 쳐?”

“아니, 전혀.”

“그런데, 어떻게?”

“개라면 문제없어. 유튜브 동영상 보고 이틀이면 익혀 올걸? 걘 외계인이니까. 하하하.”

“아무리 외계인이라도 기타를 어떻게 이틀에 익혀?”

“걱정 마. 걘 뭐든지 머릿속에 넣기만 하면 작동이 되는 애야. 아마 김연아 연기라도 하라면 할걸. 그 대신 목표를 이루고 나면 새까맣게 잊어버리지만. 우리가 공연한 뒤에야 잊어버려도 상관 없잖아? 조민구란 앤데, 분명히 소혹성 Z-818 같은 데서 왔을 거야. 하하하. 그나저나 진짜 공연을 해야 할 텐데 어디서 하지?”

그러자 희진이가 “짠~~”하며 가방에서 포스터 한 장을 꺼냈

다. 거기에는 '제1회 노원구 청소년 밴드 경연대회'라고 적혀 있
었다. 날짜는 20일 뒤였다.

"여기서 우승을 하면 열흘 동안 회관에서 공연을 하게 해 준
대."

"와, 진짜? 이거, 뭐가 너무 딱딱 맞아 도깨비한테 홀린 것 같
다."

"이보게나, 우리는 도깨비한테 홀린 것보다 더한 일을 당한 사
람들일세."

희진이가 장난스레 말했지만 그 말은 사실이었다. 이런 도깨비
라면 대환영이다. 나는 도깨비한테 진작에 홀려 마음에 새겨 둔
이름도 꺼냈다.

"밴드 이름, '딱 열흘만' 어때? 딱 열흘만 하고 해체될 밴드니
까."

"딱 열흘만? 하하, 이름 맘에 들어. 솔직담백 무색무취네, 좋아,
그걸로 하자!"

그렇게 나와 희진이는 라인업을 구성하고, 연습할 곡목 선정으
로 들어갔다. 일단 대회에 나갈 곡은 버즈의 '나는 여자가 싫다'
로 하고, 공연에 부를 노래들도 정했다. 나는 요즘 노래는 아는 게
없어 고별 공연에서 연주했던 노래들을 선택했고, 요즘 노래는 희
진이가 추천했다. 10센치니 서드 스톤이니, 나는 전혀 모르는 가

수들이라 무조건 좋다고 했다. '달빛요정역전만루홈런'의 '절룩거리네'도 꼭 넣어야 한다는 내 말에 희진이도 좋다고 했다. 나는 민구를 연습시켜 데려오기로 하고, 그 녀석은 희진이가 데려오기로 하는 걸로 주요 안건은 다 처리되었다.

애기를 마치자 희진이가 가져온 기타를 튜닝하며 말했다.

"목 풀 겸 우리끼리라도 한 곡 해 보자."

"좋아. 무슨 노래?"

"10센치의 '오늘 밤은 어둠이 무서워요' 알아?"

"몰라. 사실 난 음악 안 들은 지가 3년이야."

"그 애긴 들었어. '개' 한테……."

"하하, 개가 꼭 개같이 들리네. 어쨌든 불러 봐. 박자는 맞춰 볼게."

그러자 희진이는 기타를 치며 노래를 부르기 시작했다. 희진이의 맑은 목소리가 작은 연습실을 가득 채웠다.

오늘 밤은 혼자 있기가 무서워요
창문을 여니 바람소리가 드세요
사람들은 나를 보살펴 주질 않아요
잠들 때까지 날 떠나지 말아 줘요

꾸물거리는 저기 벌레를 잡아 줘요

잡은 휴지는 꼭꼭 구겨 창문 밖에 던져 버려 줘

오늘의 나는 절대 결코 강하지 않아요

조용히 박자만 맞춰 주던 나는 그 부분에서 그만 킬킬 웃고 말았다.

"야, 그건 '개' 있는 데선 절대 부르면 안 되겠다. 꾸물거리는 벌레를 잡아 달라니!"

"어머, 진짜 큰일날 뻔했네. 이젠 미리 가사를 다 잘 들어 봐야겠다. 웬 벌레 노래가 이렇게 많아?"

우리는 다시 웃음을 터뜨렸다. 그렇게 함께 노래하고 웃으니 나도 희진이가 이제는 편해져서 아까부터 묻고 싶었던 질문도 할 수 있었다.

"근데 넌 쉽게 받아들였어? 바퀴가 너 대신 네 노릇을 하는 걸? 개 말이 믿어졌어?"

몰아친 내 질문에 희진이는 가볍게 대꾸했다.

"처음에야 장난치는 줄 알았지. 근데 개가 아주 진지한 거야. 그래서 뭐, 그런 일도 있을 수 있지 않을까 생각하니까 무지 재밌더라. 그거, 내가 맨날 꿈꾸던 거거든. 딱 한 달이라도 누구한테 내 노릇을 맡겨 놓고 도망치고 싶은 거, 대한민국 고3이라면 한번

쯤 그런 공상 다 해 보지 않았을까? 설마 바퀴한테 그런 제안을 받으리라곤 생각 못했지만, 생각 못한 일, 일어나는 거 흔한 일 아냐? 근데 정말 나랑 똑같더라."

"만나도 본 거야?"

"응. 궁금해서 참을 수가 있어야지. 그래서 미리 만나자고 해서 봤는데 놀라 까무라칠 뻔했어. 좀 으스스할 정도로……. 그래도 진짜 웃기더라. 근데 참, 양호야, 나, 걔, 그러니까 너로 변한 걔랑 뽀뽀도 했는데, 그럼 나, 바퀴랑 뽀뽀한 거야?"

희진이가 너무 아무렇지도 않게 뽀뽀 얘기를 해서 나는 다시 얼굴이 붉어졌지만 가까스로 숨을 가누고 태연한 척 대꾸했다.

"아니지. 그건 나랑 한 거지."

희진이는 다시 나를 빤히 쳐다보며 말했다.

"넌 오늘 처음 만났잖아? 너랑 언제 했어?"

"그, 그게 그러니까…… 걔가 나잖아? 그러니까 나랑 한 거지."

"걔가 무슨 너야? 걘 바퀴라며?"

이제 희진이 눈은 장난스럽게 빛났다.

"그, 그래도 내, 내 몸을 하고 있고…… 무, 무엇보다…… 넌 걔를 나로 생각했잖아?"

내가 말까지 더듬자 희진이의 눈은 더욱 재미있어하는 듯 반짝반짝 빛을 발했다.

"그래도 걔는 걔고, 너는 너지. 이리 올래?"

"응?"

당황한 내가 어쩔 줄 모르자 희진이는 물끄러미 나를 바라보았다. 그 눈길에 나는 몸이 덜덜 떨려 얼른 드럼 스틱을 내려놓았다. 잘못하면 덜덜 떠는 손이 저절로 드럼을 연주할 수도 있었다. 하지만 사내대장부가 이렇게 당할 수는 없었다. 나는 쥐어짜듯 용기를 내어 아무렇지 않은 듯 그 앞으로 뚜벅뚜벅 걸어갔다. 하지만 희진이 앞에 서자 나는 몸이 굳어 버려 도무지 마음같이 그 애에게 입을 맞출 수가 없었다. 아주 거칠고, 멋지게, 사내답게 키스를 하리라 생각했는데!

"여기에다 뽀뽀해 줘."

희진이는 제 이마를 가리키며 말하고는 얼굴을 내민 채 눈을 감았다. 나는 떨리는 두 손으로 그 얼굴을 조심스레 잡았다. 그리고 희진이의 이마가 아니라 입술에, 그 부드러운 입술에 내 입술을 갖다 대었다! 내가 드디어 희진이와 입맞춤을 한 것이다! 내 모습을 한 그 녀석이 아니라, 내가, 바로 내가 말이다! 아자!

그리하여 나와 희진이는 '딱 열흘만'을 결성했다. 우리가 정한 대로 그 녀석은 리드 기타, 민구에겐 베이스 기타를 맡겼다. 다들 예상대로 훌륭했다. 나야 원래 기타를 제법 쳤고, 민구는 내 예상대로 유튜브 동영상만 보고 베이스 기타를 마스터해 왔다. 그럴 줄은 알았지만 민구가 레드 핫 칠리 페퍼스의 'Coffee shop'에 나오는 간주 베이스 연주를 너끈하게 해내는 걸 보고는 우리 모두 졸도할 뻔했다. 나는 그 모습을 보자 거짓말 안 보태고 정말로 민구를 해부해 보고 싶다는 충동에 몸을 떨었다! 놀랍다. 도대체 저 자식은 어느 별에서 온 놈이란 말인가? 그 별의 외계인이 다다른 문화의 경지는 도대체 어느 정도일까?

어쨌든 그 바람에 경연대회에 나갈 곡도 레드 핫 칠리 페퍼스의 'Coffee shop'으로 바뀌었다. 민구의 연주가 너무 아까웠으니까.

거기다 '그 녀석'의 여친, 그러니까 희진이의 변신체도 열심히 구경을 와 주었다. 우리는 관객까지 두고 연습을 한 셈인데, 그녀(?) 역시 매우 훌륭한 관객이었다. 희진이의 변신체니 노래도 멋지게 따라 불렀고, 흥겹게 몸도 흔들어 주어서 우리는 더 열정적으로 연주할 수 있었다.

우리는 20일 동안 죽어라 연습했다. 두 녀석이 학교에 갈 동안에도 나와 희진이는 쉬지 않고 연습했다. 희진이의 노래 실력은 나날이 좋아졌다. 내 드럼 실력도 그랬다. 3년이나 눌려 있었던 열정은 폭발하자마자 무서운 기세를 보였다. 드럼을 치지 않고, 음악을 듣지 않고, 어떻게 살 수 있었는지 정말 모를 일이었다. 아, 그건 알아냈지. 난 살아 있었던 게 아니니까. 그때는 죽어 있었던 거니까.

둘이 시간 가는 줄 모르고 신나게 연습하다 보니 어느새 오후 네 시나 되어 깜짝 놀란 적도 있었다. 점심시간이 훨씬 지난 것도 모르고 밴드 연습에 빠져 있었던 거였다. 학교에서는 오직 먹을 생각만으로 하루를 버티던 우리가!

"야, 우리, 공부를 이렇게 하면 1등급 아니라 수능 전국 수석도 하겠다!"

내가 웃으며 말하자 희진이도 맞장구를 쳤다.

"내 말이! 공부 잘하는 애들이 급이해되네. 걔네들한텐 공부가 이럴 거 아냐? 얼마나 재밌겠냐고?"

"그런 거였어? 별거 아니네. 그냥 취향 차이잖아? 근데 왜 거기만 줄을 세우냐 말야. 이쪽 반에도 줄을 세우면 우린 다 1등 먹을 건데……."

"누가 아니래? 근데 배고파. 밥 먹으러 가자. 아! 진짜 개운하다! 연습하고 나면 난 찜질방에라도 갔다 온 것 같아. 이러다 도로 어떻게 돌아가냐? 나, 요즘엔 달력 보기가 무서워. 저번에 무슨 드라마에선가 봤는데, 가석방, 이런 거 있잖아? 잠깐 감옥에서 나가게 해 주는 거, 돌아갈 날짜 정해져 있는 거. 나, 꼭 그런 죄수가 된 기분이야. 공연 끝나면 바로 다음 날 다시 내 자리로 돌아가야 하잖아? 넌 아직 그 날짜가 안 정해져서 좋겠다."

"난 그 녀석이 양보 안 해 주면 평생 이러고 살아야 될지도 몰라. 존재도 없는 존재로 말이야. 그것도 무서운 일이야."

"그것도 무섭긴 하겠네."

"하지만 살면서 이렇게 행복했던 때는 없었던 것 같아. 대회에 혹시 뽑히지 않아도 우리 열흘 동안 실컷 밴드하자. 동네 강아지들 여기다 모아 놓고라도!"

"강아지가 아니라 동네 바퀴들!"

"맞아. 바퀴들이 생각보다 음악을 알더라고! 개네들이 음악에 빠져서 생식활동을 덜 하면 바퀴 번식도 좀 막을 수 있고, 좋잖아? 킥킥."

"야, 그거 멋진 아이디어다! 그럼 우리 보건복지부나 이런 데서 지원금도 받을 수 있지 않을까?"

객석에 바퀴들이 쭉 앉아 있는 모습이 떠올라서 우리는 또다시 웃음을 터뜨렸다.

민구는 한 달 동안 아르바이트도 그만두었다. 먹을 건 '그 녀석'의 애인이 희진이네 집에서 몰래 가져다주었다. 희진이 엄마는 새처럼 먹던 딸이 식욕이 늘었다고 매우 기뻐한다고 했다. 용돈도 그 다정한 바퀴 한 쌍이 구해다 줘서 민구는 오히려 팔자 폈다고 좋아했다. 그러면서도 밤이면 밤마다 민구는 바퀴 변신체를 쳐부

술 연구를 쉬지 않고 했다. 대단한 녀석, 역시 외계인이다.

"야, 지금 네가 하는 연구가 바로 네가 매일 만나는 친구들을 쳐부수는 연구야. 공연이라도 끝나고 안 만나게 되면 하든가? 어떻게 같이 떠들고 놀다 와서 금방 그 연구에 착수할 수 있냐?"

내가 내 처지를 잊고 민구에게 그렇게 타박을 주면 민구는 전혀 망설임 없이 대꾸했다.

"공은 공이고, 사는 사야. 인류를 위한 길에 사적인 감정을 개입시키면 안 되지."

"야, 관둬라. 걔네들, 우리가 부탁만 하면 자발적으로 바퀴로 돌아가 줄 것도 같던데……. 희진이야 원래 계약도 그렇고, 오히려 그 애가 희진이 엄마 때문에 못살겠다고 빨리 한 달 지나갔으면 하더라, 히히."

내가 웃으며 그렇게 말해도 민구는 정색을 하고 답변했다.

"나는 너 때문에 이 연구를 시작한 게 아니야. 어디까지나 인류를 위해 시작한 연구라고! 물론 너도 인류의 한 사람이니까 해당은 되지만."

우리는 당당히 '제1회 노원구 청소년 밴드 경연대회'에서 1등을 하였다. 안 할 수가 없었다. 외계인에, 바퀴 변신체까지 낀 밴드가 세상 어디에 또 있겠는가? 락은 요즘 학생들에겐 인기 있는 장르가 아니었지만 경연대회에서 우리 공연을 본 관객들은 그 자리에서 모두 우리에게 넘어오고 말았다.

열흘의 공연은 암표상까지 등장할 정도로 인기를 끌었다. 무료 공연인 그 공연에 암표 값이 2만원까지 올라갔다! 회관에서는 공연을 더 해 달라고 했지만 우리는 '딱 열흘만'이라는 밴드 이름을 위해서라며 그 탐나는 제안을 물리쳤다. 사실 물리치기엔 너무나 가슴 아픈 제안이었다. 그러나 마법에 걸린 신데렐라처럼 우리는 딱 열흘이 지나면 바퀴와 교대를 해야 했고, 연습장과 악기도 주인들에게 돌려줘야 했다. 더 이상은 우리가 할 수 없는 공연이었다. 설사 밴드 이름이 '딱 십 년만'이었다 할지라도!

마지막 공연 날도 청소년 회관은 학생들로 가득 찼다. 누가 락이 이미 한물갔다고 했는가? 정말 'Rock will never die!'다. 그 맛을 보면 그 누구도 도망가지 못하리!

하지만 그 열광 속에서도 나와 희진이는 마음이 몹시 어수선했다. 내일이면 바퀴는 바퀴로 돌아가고, 희진이는 희진이로 돌아간다. 오려진 자리로 돌아가듯이. 나도 이젠 무언가를 선택해야 했다. 그 녀석이나 민구에겐 이 일이 그냥 재미난 추억으로 지나가겠지만 우리에겐 그럴 수 없는 날이었다. 희진이는 무슨 생각에 잠겨 있는지 리허설 때도 저녁을 먹을 때도 아무 말이 없었다.

　나 역시 지금까지 9일 동안의 공연과는 달리 마냥 즐겁지만은 않았다. '안개 속으로 사라지다'의 고별 공연이 떠올랐다. 그 공연 후 나는 3년 동안 드럼을 만지지도 못했다. 이제 또 '딱 열흘만'의 공연을 마치고 나면 언제 다시 드럼 스틱을 손에 쥘 수 있을까? 평생 이 추억만을 간직한 채 다시는 죽을 때까지 드럼 세트 앞에 못 앉아 보는 건 아닐까? 나는 벌써 내가 4, 50대의 후줄근한 늙은 아저씨가 되어 버린 기분이었다. 아니다, 놓치지 않으면 된다. 다시 내 자리로 돌아가서도 드럼 치듯 공부해서 대학만 가면 그때부턴 만사를 제치고 다시 음악만 할 거다. 그러면 되지 않을까?

　그런데 만약 그러다 지구가 멸망이라도 한다면? 전쟁이라도 난다면? 이상한 독재자가 나타나서 드럼을 치면 사형에 처하겠다고 법률을 정한다면? 그럼 난 두 번 다시 이 스틱을 잡아 보지 못하게 될 것이다. 그래도 괜찮은가?

　그런 극단적인 생각이 말하는 건 단 한 가지였다. '왜 나는 지금 공부 대신에 드럼을 치면 안 되는가'이다. '안개 속으로 사라지다'를 해체할 때 아버지한테 이 질문을 했다면 아버지는 뭐라 대답해 줬을까? 드럼 쳐 가지고는 먹고 살지 못해, 했을까? 엄마 같으면, 대학 안 나오면 사람 취급 못 받아, 했을까?

　그런 생각을 하면 나는 오늘의 공연을 끝없이 미루고만 싶어졌

다. 그러나 약속된 시간은 어김없이 왔고, 우리는 어두운 무대 위
에 숨을 죽인 채 앉아 있었다.

　원, 투, 쓰리, 포……

　어둠 속에 퍼져 나가는 심벌즈 소리를 신호로 위저의 ‘Unbreak
my heart’ 의 기타 인트로가 퍼져 나간다. 조용하던 객석이 함성으
로 술렁인다. 내 피도 들끓기 시작한다. 간다! 가는 거다! 그래, 오
늘 우리 다 죽어 보자!

　오프닝 멘트는 없었다. 우리는 오늘 공연 내내 단 한 마디의 멘
트도 하지 않기로 했다. 멘트 없이 나가자고 주장한 건 나였다. 멘
트는 마지막 클로징만 날리면 된다. 나는 또 예전의 고별 공연 때
처럼 멤버들이 처음부터 울먹이며 노래하고, 연주하는 꼴을 보고
싶지 않았다. 어쩌면 내 인생의 마지막 무대가 될지도 모르는데,
오늘만은 온 기량을 다해 최고의 연주를 해내고 싶었다. 내 자신
을 위해서, 오직 내 자신을 위해서! 내가 드럼이고, 드럼이 나였으
니까.

　그 녀석과 희진이의 음성은 다른 어느 날보다도 오늘, 천상의
화음처럼 근사하게 어울렸다. 마룬 파이브의 ‘This love’ 가 이어
지고, 뮤즈의 ‘Time is runnning out’ 이 뒤를 따른다. 달빛요정역
전만루홈런의 ‘절룩거리네’ 와 ‘행운아’ 도 이어졌다. ‘행운아’ 는

'그 녀석'이 추천한 곡이었다.

우리 모두는 행운아라고 나는 진심으로 생각했다. 이렇게 공연하는 우리도 행운아지만, 이런 공연을 보는 너희들도 행운아라고 나는 진심으로 생각했다.

레드 핫 칠리 페퍼스의 'Coffee shop'에서 다시금 민구가 베이스 실력(이제 저것도 내일이면 씻은 듯이 사라지겠지. 아깝다!)을 유감없이 과시하고, 그 뒤를 이어 경연대회에서 바로 그 곡에 밀려났던 버즈의 '여자가 싫다'가 이어졌다.

어느새 객석은 자연스레 스탠딩 공연장으로 변했다. 이제 의자에 앉아 있는 애들은 하나도 없었다. 모두들 일어나 드럼 소리에 맞춰 박수를 치며 몸을 흔든다. 이 노래는 '그 녀석' 혼자 부르다가 민구가 백 코러스로 받쳐 주고, 희진이는 중간에 단 한 줄의 솔로만 한다. 그 한 줄을 잘 부르기 위해 희진이는 입을 꼭 다문 채 기타만 연주하고 있다.

운명인지 몰라 이별을 알봤어
뒤따라가 깊이 안아야 했어
또 주저앉아 가슴 쳐
달려갈 용기도 없어
남은 정도 바닥날까 봐 두려워

집착이야 내 집착이야
이 못난 방황에 지쳐 나 벌서듯이 기다려
떠날 거라면 내 행복도 빌지 마
너 아니면 나 이제 여자가 싫다
다 잊자고 지나간 사람이라고
하루에 몇 번씩 다짐을 해도 널 잊질 못해

지금이다! 모두가 절정에 올랐을 때 희진이의 맑은 솔로가 끼어든다.

이 바보야 난 못 돌아가 미안해 잊어 줘

아이들은 잠시 숨죽였다 두드려 대는 드럼 소리를 신호로 다시 환성을 지른다.

이 대목에선 모두들 한 덩어리가 되어 노래를 부른다. 그래, 한 덩어리, 우리는 모두 하나가 되었다. 사람이든 바퀴든 우주인이든 지구인이든, 이 순간만은 모두 하나가 되었다!

온몸으로 행복하다는 느낌이 가득 차오른다. 행복하다. 행복하다.

내 스틱도 신이라도 들린 듯 타타타탁 멋지게 튕겨 오른다.

뒤이어 뮤즈의 'Supermassive black hole'이 터지자 이제 아이들은 괴성을 질러 댄다. 나도 거의 몰아지경에 빠진다. 이젠 나도 없다. 나는 한 치의 틈도 없이 드럼과 한 몸이 되었다. 이 짜릿함, 이 황홀함, 한번 알면 다시는 잊을 수 없는 치명적인 독,

그린 데이의 'American idiot'은 드럼이 도드라지는 곡이다. 조명이 나를 쏜다. 나는 신나게 두드려 댄다. 박수가 터져 나온다. 체리필터의 'Rockin' star'가 그 뒤를 쫓아간다.

내일을 기다려

쓰러질 순 없잖아 Let's go Rockin' Star!

To the Rockin' city, Rockin' city!

언제나 Rockin' Star

그리고 이어지는 10센치의 '그게 아니고'와 서드 스톤의 '고양이', 계속해서 롤링 스톤즈의 'Paint it black', 린킨 파크의 'In the end'…… 생전 음악이라곤 안 듣는 민구는 역시 뮤직비디오 동영상만 보고 랩을 완벽하게 소화해 내 관객들을 열광의 도가니로 이끌었다. 놀라운 자식, 네가 온 별이 어느 별이든 나는 그 별의 주민들을 존경하리라. 내가 그 말을 했을 때, 태연한 얼굴로 내 오류를 지적하던 민구의 말이 떠오른다. 별에선 생명이 살 수 없어. 불타는 항성을 별이라고 말하니까. 별이 아니라 그냥 행성이라고 말해야 돼. 그래, 이 쉐키야, 어느 행성에서 왔냐, 천하에 재수 없는 놈! 나는 언젠가 민구를 위해 곡을 쓰고야 말 거다. 어느 행성에서 온 천재, 외계인 민구의 노래를.

마침내 마지막 곡까지 끝나자 당연하게도 객석은 한목소리로 "앵콜!"을 미친 듯이 외쳐 댔다. 희진이가 마이크를 잡았다. 공연 내내 단 한 마디의 군소리도 없이 노래만 불렀던 탓인가. 객석은 삽시간에 조용해졌다.

온몸이 땀에 젖은 희진이는 떨리는 목소리로 말을 시작했다.

"'딱 열흘만'을 이토록 사랑해 주신 여러분들, 정말 감사합니다. 우리는 절대로, 결코, 네버, 이 시간들을 잊지 못할 거예요! 우리 인생의 딱 열흘만이었지만 이 딱 열흘은 죽는 순간까지 우리 가슴에 남을 거예요. 이건 사랑의 기억이니까요. 여러분도 절대, 결코, 네버, 잊지 말아 주세요. 우리가 함께 나눈 이 사랑을!

하지만 여러분과 우리가 함께 나눈 사랑의 기억도 이제 멈출 시간이 되었습니다. 이제 사랑의 자리엔 추억이 대신할 겁니다. 이 노래를 듣고도 앵콜을 하신다면 그건 여러분이 배신 때리는 거예요. 멈춰야 할 때는 멈춰야 하는 것, 아무리 쓰라려도, 아무리 가슴이 찢어져도, 그게 사랑이에요.

절대로 앵콜하시면 안 됩니다. 앵콜하시는 분, 제가 목 졸라요. 총 쏠 거예요. 하지만…… 그 대신 마음속에 이 노래를 담아 가 주세요. 우리를 잊지 말아 주세요, 절대, 결코, 네버…… 여러분, 감사합니다. 버즈의 '사랑이 멈춘 시간' 입니다!"

평소의 희진이라면 우웩, 하며 손을 입으로 가져갔을 멘트다. 완전 과잉 멘트다. 울트라슈퍼초강력 달달 멘트!

하지만 공연장은 숙연했다. 흥분한 희진이는 준비한 멘트를 깡그리 무시하고 저런 달달한 멘트를 했다. 너, 오버했어, 거기다 네버 다음엔 부정문이 오면 안 되지, 그런 말을 하니 내가 민구가 된 것 같았다. 나는 울컥하는 내 자신을 진정시키기 위해 일부러 그런 말을 혼자 중얼거렸다.

희진이의 목소리가 숙연한 실내로 퍼져 나간다.

그렇게 하자 시간을 가져 보자
우리에게 이런 날도 있구나
익숙함도 깊은 사랑이란 걸 너는 몰라

오늘밤이 지나면 다시 볼 수 없다는 거 잊지 마
미안해하지 말고 나를 지나가
아무것도 그 어떤 것도 할 수 없잖아

노력해 본다 말하는 너의 뒷모습에서
사랑이 멈춘 시간이 보였어
눈물이 난다 마음이 참 아프다
너의 진심을 만날 수가 없구나

멈춰 버린 낯선 시간 속에서 터져 버린
울음소리 들으며 한 걸음 또 한 걸음 널 기억해

노력한다고 말하는 너의 뒷모습에서

사랑이 멈춘 시간이 보이지만

벅찬 사랑 나누던 우리

갖지 못할 너란 사람 때문에

비틀대는 하루를 매일 안고 살아갈 내 모습이 슬퍼

너라는 그 이름 하나로

너와 함께 만들고 싶던 나의 미래가

잡을 틈도 없이 사라지는 우리 사랑이

지금 이곳에서 살아가겠지

사랑이 멈춘 시간아 안녕

노래가 끝나도 실내는 조용했다. 희진이의 협박이 먹혀선지 아무도 앵콜을 하지 않았다. 박수치지 말라고는 하지 않았는데도 아무도 박수조차 치지 않았다. 그러나 어떤 공연에서도 단 한 번도 느껴 보지 못한 완벽한 일치감이, 벅찬 이별의 슬픔이 우리 모두의 가슴에 차올랐다. 아무도 나가지 않고 조용히 서 있었다.

그런데 갑자기 내 눈에서 참을 수 없는 눈물이 흘러넘쳤다. 굵은 밧줄처럼 무딘 신경줄을 가진 이 장양호가 눈물을 흘리다니. 철든 이후 처음으로 흘려 보는 눈물이었다. 밴드를 그만둘 때도, 친부모에게 이상한 놈 취급 받으며 쫓겨날 때도, 친구들과 선생님 앞에서 등 떠밀려 학교를 떠날 때에도 단 한 번도 흐르지 않던 눈물이 줄줄 뺨을 타고 흐른다. 나는 그 눈물이 조금도 부끄럽지 않았다. 눈물이란 건 시체는 흘리지 않는 것이니까, 살아 있는 사람만이 눈물을 흘릴 수 있으니까.

우리가 나란히 무대 앞으로 나가 고개를 숙이자 그제서야 참았다 쏟는 울음처럼 폭풍 같은 박수가 쏟아져 나왔다. 나는 죽을 때까지 이 순간을 잊지 못할 것이다. 나만이 아니라 이 자리에 있었던 사람은 하나도 빠짐 없이 그러리라는 것을 나는 알았다.

그렇게 공연은 끝났다. 회관 측에서 수고했다며 우리를 갈비 집으로 데려가 실컷 먹게 해 주었다. 그 바람에 우리끼리는 제대로 뒤풀이를 할 시간이 없었다. 마침 악기도 회관에서 다음 날 실어다 주기로 했기 때문에 아무래도 하루 더 모여야 했다. 그래서 다음 날 약속을 잡고, 우리는 뿔뿔이 헤어졌다. 그 녀석은 요즘 아버지가 수학 학원 앞으로 데리러 온다며 서둘러 달려갔고, 희진이는 이제 계약 기간이 끝나는 그 녀석의 여친이랑 할 애기가 있다며 따로 갔다. 그렇게 민구랑 나만 둘이 남아 집을 향해 걸어가기 시작했을 때, 민구가 갑자기 활짝 웃으며 들뜬 목소리로 말하는 것이었다.

"양호야, 나, 드디어 성공했어! 인류를 구원할 수 있게 됐다고! 어젯밤에 성공했는데, 공연 끝나고 말하려고 지금까지 참았어. 죽은 바퀴를 갈아서 그걸 변신체한테 뿌리면 그 자리에서 바퀴로 돌아가. 물론 바퀴는 죽지 않아. 네가 전에 바퀴는 죽이지 않는 방법으로 해 달라고 해서 연구가 더 힘들었어. 어때? 네 맘에도 흡족하지? 성공률 100프로야."

민구답지 않게 흥분으로 들뜬 목소리를 들으며 나는 차분하게 대꾸했다.

"아, 그래? 축하해! 이젠 잠 좀 실컷 자라. 공연도 끝났고."

민구는 그런 나를 빤히 바라보며 물었다.

"너, 안 돌아갈 작정인 거지? 그치? 너, 미쳤구나!"

나는 눈을 내리깐 채 대답했다.

"모르겠어. 하지만 돌아가더라도 그 녀석한테 부탁해서 할 거야. 그 방법은 다른 인류를 위해서 써!"

민구는 말없이 앞으로 걸어 나갔다. 저 녀석이 무언가에 대해 화내는 걸 처음 봤다. 하지만 나는 쫓아가 달래지 않은 채 그저 그 뒤를 따라 터벅터벅 걸어갔다.

지하 연습실에 파묻혀 지내는 사이에 어느새 6월이 다 지나가고, 7월이 되었다. 거리는 완연한 여름이었다. 죽어도 잊을 수 없는 멋진 한 달이 이제 다 끝났다. 너무나 행복했고, 너무나 황홀했다. 그러나 이제는 선택을 해야 할 때가 온 것이다. 어째야 좋을까?

어느새 민구는 보이지도 않았다. 나는 옆길로 새서 공원 벤치에 가서 앉았다. 이 벅찬 기쁨과 쓸쓸한 허전함, 그리고 기로에 선 내 마음을 조금 더 들여다봐야만 했다.

여름밤인 탓인가, 공원에는 사람들이 많았다. 모두들 공원을 돌며 달리기를 하고 있었다. 저런 것도 한신보험 광고 장면에 들어가는 걸까? 문득 그런 생각이 들었다. 희진이도 얘기 끝날 시간이 되었을 텐데, 생각하는데 핸드폰이 딱 울렸다. 희진이였다.

"어디야? 잠깐 나랑 만나고 가! 연습실로 와."

연습실 문을 열고 들어서니 희진이는 혼자 기타를 치며 조용히 노래를 하고 있었다. 나를 보자 미소를 지었지만 노래를 멈추지는 않았다.

누가 알려 주면 좋겠네
저 앞에 먼저 달려가서
누가 알려주면 좋겠네

나는 그 앞에 의자를 끌어다 놓고 희진이의 노래를 들었다. 이런 날이 또 올까? 내일이면 희진이는 집으로 돌아간다. 그동안의 꿈 같았던 날들을 떠올리자 나는 목이 메어 왔다. 물론 희진이와 만날 수는 있겠지만 이제 희진이는 본격 고3으로 다시 돌아갈 것이다. 나는? 나는 어쩌지? 그 녀석한테 부탁하면 나도 돌아갈 수 있겠지. 어떻게 해야 하나? 오려 낸 자리에 돌아가듯 다시 그리로 돌아가서 나도 본격 고3의 생활을 다시 시작할까? 수학 점수를 틀리게 말한 걸로 나를 내쳐 버린 부모를 다시 사랑하고, 다시 죽은 듯이, 음악도, 드럼도 잊어버린 채 그렇게 살아 볼까? 한 달이라도 황홀하게 살아 봤으니까.

그래, 그럴 수도 있겠지. 겨우 4개월 정도 남았어. 재수나 삼수를 안 한다면 말이지. 하지만 내가 과연 그럴 수 있을까? 이미 다시 살아난 내가 그럴 수 있을까? 그렇게 해서 대학을 가면, 그러고 나면 나는 금방 내가 원하던 생활로 돌아갈 수 있을까? 어른이 되었으니 부모의 의견쯤은 무시할 수 있을까? 아니, 부모만이 아니라 세상 앞에서 꿋꿋할 수 있을까? 다시 또 취직 전선에 내몰려서 내가 원하지 않는 삶을 살아야 하는 건 아닐까?

나만 믿고 사는 부모를 위해서? 나는 어떤 결정도 내릴 수가 없었다. 마음이 원하는 건 분명했으나 결정은 어려웠다.

우리를 기다리는 게 무언지
우리를 가로막는 게 무언지
하지만 하지만 알아도 가겠지
그 길만이 나를 끈다면
그 길만이 내 길이라면

희진이가 노래를 마쳤다. 나는 박수를 치며 말했다.
"처음 듣는 노래네."
"지금 막 만든 노래니까."
"진짜? 진작에 만들지. 다음 공연 땐 이 곡도 넣자. 언제가 될지
몰라도……."
진심이었지만 그 말은 내 귀에도 빈말처럼 들렸다.
희진이는 가만히 나를 바라보더니 말했다.
"양호야, 나, 그 애한테 제안을 하나 받았는데……"
"제안이라니?"
"사실은 내가 먼저 부탁을 했거든. 조금만 더 내 역할을 해 달
라고. 난 다시 그 생활로 돌아가기가 너무 싫었으니까. 그랬더니
나더러 확실하게 선택을 해 달래."

"확실하게?"

"응. 걔네들이 변신할 수 있는 건 평생 딱 한 번이래. 지금 내가 내 자리로 돌아가면 그 애는 다시 사람으로 변신하지 못하는 거지. 조금 더해 줄 수도 있겠지만 자기도 더 이상 그렇게 불확실한 상태로 살기는 싫대. 그래서 제안하더라. 이 시점에서 분명하게 선택을 하라고. 만약 내가 영원히 돌아가지 않겠다고 약속한다면 그 자리에서 자기도 죽을 때까지 인간으로 살아 주겠다고. 내 역할을 하면서 말이야. 그렇지 않다면 더 이상은 그 역할을 해 줄 수 없다고, 단 하루도."

갑자기 내 마음이 환해졌다. 내 역할, 그렇다. 내 역할을 그 녀석이 평생 대신해 주기만 한다면 나는 미련 없이 그 자리를 그 녀석에게 넘기고 싶다. 나는 홀가분하고 자유롭게 이 세상을 살아가리라. 어머니와 아버지도 그 녀석을 아들로 믿은 채 평생을 의지하며 살 수 있겠지. 내 결정을 막았던 건 단 한 가지였다. 책임, 그 녀석이 평생 동안 내 노릇을 해 줄까 하는 것일 뿐이었다. 어느 날 느닷없이 바퀴로 돌아가 내 부모를 슬프게 하면 안 되니까.

하지만 희진이는? 희진이는 이렇게 고달픈 생활을 해서는 안 되는데……. 돈 한 푼 없이, 부모의 보호막도 없이, 빈손으로 이 세상에 내던져진다는 게 어떤 것일지 나는 그간의 시간만으로도 미루어 짐작할 수 있었다.

내가 말없이 생각에 잠겨 있자 희진이가 조용히 입을 열었다.

"양호야, 나는 이미 대답을 했어."

나는 고개 들어 희진이를 바라보았다. 희진이의 눈동자에 그렁그렁 물기가 맺혀 있었다. 그 눈을 바라보는데 어디선가 문득 그리운 노랫소리가 들려오기 시작했다.

고래가 하늘을 올라가네
고래가 하늘을 올라가네
우리 맑은 별에서 다시 만나요

그 순간 나는 생각했다. 이 우주에는 저 눈동자처럼 맑은 별도 반드시 있을 거라고.

그리하여 나와 희진이는 여행을 떠났고, 다시는 원래 자리로 돌아가지 않았다.

우리가 있는 곳은 어느 별이라고 해 두자. 여벌의 우리가 머무는 곳은 어느 곳이든 별이니까. 그 별에서 나는 드럼을 치고, 희진이는 노래를 한다. 그리고 입맞춤도 진하게 한다. 그래도 이 우주는 무사하다. 바퀴들이 지겨운 인간의 삶을 대신 살아 주고 있기 때문에.

이러다간 인류 전체가 아예 바퀴의 변신체들로 바뀌는 날이 오지 말란 법도 없다. 그러면 여벌의 인간들은 어느 맑은 별에선가 노래하고 춤추고 싸우고 꿈꾸며, '나는 누구인가'를 생각하다 죽어 가리라. 이 모든 게 다 그 녀석 덕분이다. 아니, 그대들 모두의 덕택이다.

고맙다, 그대들, 또 하나의 우리들이여!

　지금 막 『그 녀석 덕분에』를 마지막으로 손봐서 넘겼습니다. 그리고 나는 이미 쓴 '작가의 말'을 버리고 이 글을 새로 시작합니다. 이렇게 아직 내 마음이 뜨거울 때, 그들과 뜨겁게 헤어지고 싶어서입니다.

　『그 녀석 덕분에』는 처음에 '나는 누구인가?'라는 제목의 짧은 글로 발표했습니다.

　그 뒤 여기저기 발표한 짧은 소설들을 함께 묶으면서 그 글을 길게 고쳐 쓰게 되었지요. 황당한 설정에 가볍게 몰고 간 소설이라 글 쓰면서 잘 우는 나도 전혀 울지 않고 써낼 수 있었습니다.

　그런데 마침표를 찍은 뒤에 뜻밖에도 왈칵 울음이 쏟아졌습니다. 쓸 때까지는 아이들에 이입되어 있던 내가 그새 어른으로 돌아와 그들이 겪을 험난한 길을 보니 마음이 아팠던 것입니다. 나는 그것도 일종의 이별 의식이려니 여겼습니다.

그렇지만 어딘가 허전했습니다. 이별의 아픔은 있는데 뜨거움은 없었습니다. 그 애들과 무언가 미진하게 만난 채 헤어진 느낌이었지요. 그래서 마침표도 찍고, 작가의 말도 쓰고, 이별의 절차를 다 치러낸 글에 다시금 매달렸습니다.

그리고 그렇게 한 것이 참 다행스럽습니다. 왜냐면 이 마지막 만남이 가장 진하고 뜨거웠기 때문입니다. 이 글을 고쳐 쓰던 지난 스무 날 동안 나는 록 뮤직에 빠져 있었는데, 그 음악이 주는 선물도 이 마지막 만남에서 가장 많이 받았습니다. 나는 양호가 되고, 희진이가 되어(물론 바퀴도 되고, 민구도 되어) 음악 속에 잠긴 채 말할 수 없는 희열을 느꼈습니다. 황홀했습니다.

마침내 나는 혼자 눈물을 줄줄 흘려 가며 도취되어 이야기를 써 내려갈 수 있었지요. 무언가 허전하던 마음 한구석이 비로소 채워졌습니다. 혼자만의 도취일지라도 뭐, 어쩌겠어요? 사실 그 맛에 글을 쓰는 건데요. 나 혼자 울며 쓰고, 나 혼자 나중에 부끄러워하고, 혼자 숨어 별짓을 다 하는 게 내 스타일인걸요.

이런 부끄러운 얘기를 굳이 이곳에 쓰는 것은, 뒤늦게나마 그들과 한 점 틈 없이 한 몸이 된 게 몹시 기쁘기 때문입니다. 뜨겁게 만났으니 이제 뜨겁게 헤어질 수 있겠지요. 그 체온이 식을까 봐 이렇게 부랴부랴 종이 위에 적고 있는 것입니다. 작품의 완성도나 수준과는 아무 상관이 없는 얘기니, 너무 비웃거나 고깝게 여기지 말아 주세요. 기어코 이 느낌을 만난 게 너무 좋아서 이렇게 기록해 두는 것뿐입니다.

이제야 정말로 이 애들과 헤어집니다. 깊이 사랑했네요. 한 몸이 되어 깊이 깊이. 양호가 드럼을 사랑하듯이, 희진이가 노래를 사랑하듯이.

아, 지금 이 글은 딱 희진이가 닭살 돋게 한 클로징 멘트 비슷하군요. 부끄럽습니다. 그런데요. 부끄럼 무릅쓰고 이런 작가의 말한번 눈 질끈 감고 써 보겠습니다. 그들에게 바치는, 아니, 내 자신에게 바치는 이별사인 셈이라고나 할까요.

이제는 그들이 걸어갈 길이 안쓰럽지 않습니다. 그들에겐 충분히 그 길을 걸을 힘이 있다는 걸 알았으니까요. 그들은 분명 스스로 기록해 나갈 자신들의 이야기 마지막 부분에 이렇게 적을 수 있을 것입니다.

'그리하여 그들은 이 세상을 떠날 때 자신들의 인생이 매우 마음에 든다는 것을 깨닫고 기뻐하였다.'

이제는 그들에게 눈물 없이 잘 가라고 할 수 있습니다. 눈물은 그들과 만났을 때, 그들과 한 몸이 되어 사랑할 때 이미 다 흘렸으니까요.

그렇지만 슬슬 낮이 뜨뜻해지고 있어서 원래 썼던 차분한 '작가의 말'로 돌아가야 되는 게 아닌가, 갈등이 일어나는군요. 자, 그러니 제정신이 들기 전에 빨리 마무리를 지어야겠습니다.

이 글에 대해 밝히고 넘어갈 부분들이 있습니다.

'달빛요정역전만루홈런' 추모 공연은 2011년 1월 27일에 있었습니다. 하지만 소설 전개상 5월에 이루어진 것으로 바꾸어 썼습니다. 또한 'Stop the music'이란 밴드는 허구의 밴드이며, 그에 얽힌 부분도 모두 허구의 이야기입니다.

바퀴 변신체에 대한 이야기도 허구 아니냐고요?

글쎄요, 그건 뭐라고 대답해 드릴 수 없군요. 매우 입장이 곤란

한 질문이니 그런 질문은 하지 말아 주시길 부탁드립니다!

나머지 세 작품은 발표했던 글들을 거의 그대로 묶었습니다. 그중 『학도호국단장 전지현』은 이 책 중에서 유일하게 30년 전의 여고생들을 다루고 있는데, 내가 다닌 학교의 학도호국단장과 이 주인공은 전혀 상관이 없습니다. 물론 동명이인인 유명한 배우와도 아무런 연관이 없습니다. 단지 송충이와 달팽이만은 확실히 그 학교에 있던 친구들을 모델로 삼았습니다.

이렇게 한꺼번에 묶어 보니, 이번 책은 결국 열정이랄까, 10대 시절만이 가질 수 있는 어떤 에너지, 생명력에 대해 말했다는 것을 알겠습니다. 좋아하는 일에 대한, 친구에 대한, 애인에 대한, 아니면 열정 그 자체에 대한 에너지, 생명력.

나는 여러분들이 다른 무엇보다 생명력 넘치는 매력적인 사람이 되기를 바랍니다.

언제나 생각하는 것이지만 글은 정말로 혼자 쓰는 게 아닌가 봅니다.

그때의 공간과 시간, 바람과 빗소리, 만난 사람들, 짐승들, 사물들, 사건들, 그 모든 것이 함께 글을 써 줍니다. 그래서 자신의 재능에 대해 절망하다가도 다시 한 번 펜을 잡아 보는 것입니다.

나를 통로로 삼아 준 그 모든 인연들에게 마음 깊이 감사를 드립니다. 또한 그 이야기들에게 이렇게 멋진 집을 지어 주신 모든 분들께도 감사를 드립니다.

이번 글 속에는 수많은 노래 가사가 인용되었습니다. 일일이 허락받지 못하고 올렸으니 너그러이 용서해 주시기를 부탁드립니다.

특히 오래 전에 노래 가사 두 줄을 글 속에 빌려 쓰고도 쑥스러워 고맙다는 인사를 못 드렸는데, 그사이 다른 세상으로 총총히 가 버리신 '달빛요정역전만루홈런' 님께 이미 늦어 버린 감사를 새삼 드립니다. 이번에는 더 많은 신세를 졌습니다. 그 빚을 갚는 심정으로 그분께 이 책을 바칩니다.

2011년 2월 15일 정오에
수락산 그늘에서 이경혜